藥師少女的獨語
1
illustration
しのとうこ
日向夏
Natsu Hyuuga
Kadokawa Fantastic Novels

「玉葉妃，若是找到這個寫信人，妳有何打算？」
玉葉妃

宦官 壬氏
在翡翠宮看著白粉與繫著信箋的樹枝，
想起了某個人。

貓貓不高興地低下頭去。
王氏伸出手來。
「只是稍微碰一下
無妨吧？」

「不行。」
「又不會讓妳少塊肉。」
「會減損我的氣力。」
「一隻手就好，只用指尖總行了吧。」
「……」

藥師少女的獨語

INTRODUCTION

名偵探誕生

以中世紀宮廷為舞臺，試毒少女將一一解開懸疑案件的謎團。
酣暢淋漓的劇情發展與主角傲嬌的角色特質博得好評。
日本於單行本發售的兩年後，在讀者的要求聲浪下終於推出文庫版。
將單行本大幅改稿，使劇情更加生動精彩。
可說是輕小說界誕生了一名新生代名偵探。
只要讀過主角貓貓的推理與鋒利的言談，必能讓您大呼痛快。

藥師少女的獨語

1

日向夏

Kadokawa Fantastic Novels

目錄

藥師少女的獨語

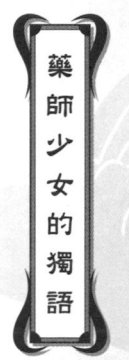

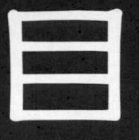

目錄

彩頁、內文插畫／しのとうこ

一話　貓貓

（好想吃路邊攤的串燒喔。）

貓貓一邊仰望陰晦的天空，一邊嘆了口氣。

周圍是最華麗燦爛的世界，也是瘴氣蠢動的混濁淤泥。

（已經三個月了啊。不知道阿爹有沒有好好吃飯？）

貓貓前幾天去森林採藥，結果碰上名為村人甲、乙、丙的綁匪。

真是既強橫又生事擾民的劫婚活動，簡稱婚活，也就是宮廷的強搶民女行為。

也罷，反正能領到薪俸，而且只消服上兩年勞役就有機會返回民間，所以就職場來說還算不壞，但前提是要出於自願才行。

對身為藥師，生活過得還不錯的貓貓而言，這就只是飛來橫禍。

對貓貓而言，那些綁匪是習慣擄走妙齡女子賣給宦官賺酒錢，還是拿別的姑娘代替自家女兒都無關緊要。因為不管是何種理由，對自己來說都是無妄之災。

要不是這樣，她一輩子都不想跟後宮這種地方扯上關係。

宮女滿身嗆人的化妝、香料與美麗衣裳，嘴唇上掛著虛假做作的笑容。貓貓經營藥舖體悟到一件事，就是沒有什麼毒藥比女人的笑臉更可怕。這點無論在公卿大臣雲集的畫閣朱樓，還是城邑裡的煙花巷都能適用。

貓貓抱起放在腳邊的洗衣籃，前往建物背後。與門面相比下顯得十分煞風景的中庭裡，有一處地面鋪石的水池，一群難以界定性別的僕人正在洗滌大量衣物。

後宮基本上是男性止步的。只有舉國當中身分最高貴的人物與皇親國戚可以入內，再來就是失去了至寶的前男性。當然，會出現在這裡的只有後者。

貓貓一面覺得這種制度很畸形，一面又想大概是有它的合理性在，才會行之有年吧。

她放下帶來的籃子，看看整齊擺放在一旁建物裡的籃子。那些不是髒衣物，而是已經洗過曬好的。

看看掛在提把上的木牌，牌上有植物圖畫，並且寫了數字。

宮女當中有些人目不識丁。畢竟有些人還是被綁匪強行擄來的。她們在被帶進宮廷前會接受最低限度的禮儀訓練，但文字就難了。以鄉下姑娘來說，識字率能超過五成就已經很了不起了。

這可說是後宮規模過度擴大造成的弊害。數量雖增加，品質卻差了。

即使遠遠不及先帝的三千佳麗，嬪妃與宮女上上下下仍有兩千人，再加上宦官，就是三千人的大家族了。

貓貓在這當中是最下級的下女，連官職都沒得到。她沒什麼特別的靠山，以一個被擄來湊人數的姑娘來說，大概恰如其分吧。

假如擁有豐腴如牡丹的身軀，或是白淨如滿月的肌膚，或許還有可能封個下級妃子的地位，但貓貓頂多只有滿臉雀斑的健康肌膚，以及枯枝一般的手腳。

（趕快把差事做完吧。）

貓貓拿起畫有梅花，寫著「壹七」的籃子後，腳步變成了小跑步。她想趁厚重烏雲低垂的天空開始落雨之前趕回房間。

籃子裡洗過的衣物，乃是下級妃子的東西。這人分配到的個人房比起其他低階妃子，家具用品雖然豪華，但太過炫富。猜測房間的主人可能是富商千金或諸如此類。

經過冊封的妃子可以擁有自己專用的侍女，不過低階妃子最多只能安排兩名下女。因此像貓貓這種沒有侍奉特定主人的下女，有時就會這樣幫忙搬運洗滌物。

下級妃子雖然獲准在後宮內擁有個人房，但地點在宮內的偏僻角落，少有機會讓皇帝看見。即使如此，只要能受命侍寢一次就能換住處，第二次寵幸就代表著出人頭地。

至於未能觸動龍心就過了適當年齡的妃子，除非老家位高權重，否則要不就是地位被貶，要不就是賞賜給官員。幸或不幸要看對象而定，不過女官最害怕的似乎是被賜給宦官。

貓貓輕輕敲門。

「放在那兒吧。」

貼身侍女打開門，冷冷地答話。

房裡可以看到一位散發出甜膩香氣，搖晃著酒杯的妃子。

入宮前受眾人吹捧的美麗容貌，恐怕也只不過是井底之蛙。受到絢麗多姿的百花所震懾，銳氣受挫，最近甚至足不出戶了。

（整天待在屋子裡，也沒人會來迎接妳的。）

貓貓領了隔壁間的洗衣籃後，又回到了洗衣場。

要做的事情多得是。雖然不是自願前來，但既然有領薪俸，貓貓打算拿多少錢做多少事。

基本上個性很認真，這就是藥師貓貓的為人。

只要老實幹活，總有一天可以出宮。總不至於真的受到寵幸吧。

很遺憾地，不得不說貓貓的想法太天真了。所謂人生無常。雖然以年僅十七的姑娘來說，貓貓算是看透了人間是非，但還是有她按捺不住的欲望。

那就是好奇心與求知慾，以及少許的正義感。

幾天後，貓貓將揭露一件鬧鬼事件的真相。

在後宮出生的嬰幼兒連續死亡的事件。

人們口中的先帝側室詛咒，對貓貓而言根本就不是什麼鬧鬼事件。

二話　兩位嬪妃

「唉——果然是這樣啊。」

「是呀，說是看見太醫進去了。」

貓貓邊喝湯邊側耳傾聽。寬敞的食堂裡有數百名下女在用早膳。菜色是湯與雜糧粥。

坐在斜前方的下女繼續聊些流言蜚語。雖然臉上寫滿同情，眼睛深處卻閃爍著更強的好奇心。

「去了玉葉娘娘那邊，也去了梨花娘娘那邊。」

「哇——兩位娘娘都是啊。記得才半年跟三個月？」

「對啊對啊，我看應該是詛咒，錯不了了。」

講到的名字是皇帝的兩位寵妃。半年跟三個月，指的應該是兩位妃子生下的孩子年紀。

謠言在宮裡傳得快。內容是關於皇上寵幸過的宮女或者皇嗣，有時是出自欺凌心態或偏見的壞話，甚至連適合炎炎夏日的詭譎怪誕之事都有。

「就是啊，不然怎麼可能夭折到三人這麼多。」

她指的是妃子產下的孩子，換言之就是各位儲君。皇帝在東宮時期得一子，登基後又得二子，卻都在嬰兒時期薨逝。雖說幼兒死亡率高很正常，但三位皇帝之子皆死去，就實在有點蹊蹺。

目前只有玉葉妃與梨花妃的兩個孩子仍然在世。

（會不會是下毒？）

貓貓邊喝白開水邊想，不過最後的結論是「不對」。

因為三個孩子當中，有兩人是公主。在僅有男子能獲得皇位繼承權的情況下，沒什麼理由需要殺害公主。

坐在前面的兩人也不動筷子，還在講著詛咒或作祟什麼的。

（但也不至於想成詛咒吧。）

簡單一句話，無聊。光是下咒就要株連九族了。

貓貓這種想法反而可說是異類。然而貓貓的腦中有知識作為根據，讓她敢如此斷言。

（是某種疾病嗎？難道是血統問題？不知道他們是怎麼死的？）

於是大家公認不愛理人又沉默寡言的下女，就在這時主動找愛講話的下女攀談了。

過不了多久，她就會對自己輸給好奇心感到後悔。

「詳細情形我是不知道，不過聽說都是慢慢變得憔悴喔——」

愛講話的下女小蘭看到貓貓主動找自己說話，似乎產生了興趣，後來每次有什麼流言蜚語都會告訴她。

「從太醫的訪問次數看來，或許是梨花娘娘病情比較嚴重吧？」

小蘭邊用擰乾的抹布擦窗櫺邊說。

「梨花娘娘自己也是？」

「是呀，母子都是。」

醫官會前去為梨花妃看病，與其說是病情嚴重，毋寧說是因為孩子是東宮太子；玉葉妃的孩子是公主。

皇上比較寵愛玉葉妃，然而既然出生的孩子有性別差異，哪邊較受重視則不言自明。

「詳細症狀就實在不知道了，只聽說會頭痛或肚子痛，還會噁心。」

小蘭把知道的事全講完後好像滿足了，就去做下一件工作了。

貓貓送給她甘草茶代替謝禮。這是她用長在中庭角落的甘草煮的，雖然藥味很重，但味道很甜。難得有機會吃到甜食的下女高興得不得了。

（頭痛、肚子痛加上噁心啊。）

這些症狀讓貓貓想到一種病，但還不能下定論。

阿爹以前耳提面命過好幾次，不可以只用臆測思考事情。

（稍微走一趟看看好了。）

貓貓決定早早把工作做完。

雖然一概而論都屬於後宮，但規模可是相當廣大。宮裡隨時有宮女兩千人，並有超過五百名宦官在此留宿。

貓貓她們這些下級宮女每十人住一個大房間，不過下級妃子可擁有個人房，中級妃子可擁有樓房，上級妃子則可擁有宮殿，階級越高規模越大，再加上食堂與庭園，比隨便一個城鎮都還要寬敞。

因此，貓貓沒必要離開自己負責的東側範圍，頂多只有被吩咐做事時才有空出去。

（沒事要辦就自己找事做。）

貓貓找手拿籃子的宮女攀談。宮女手上的籃子裡裝有上等絲絹，必須拿去西側水池洗。不知道是水質有差，還是洗衣人的技術差異，據說在東側洗滌的話，質地很快就會受損。

貓貓知道絲絹質地受損差在是否置於陰涼處晾乾，但沒必要說出來。

「聽說中央有個美若天仙的宦官，我想去看看。」

貓貓一說出小蘭告訴她的事，對方立刻爽快地跟她換班。

在這個少有男女情愛刺激的地方，似乎就連已經不算男人的宦官，都能成為帶來刺激的對象。偶爾也會聽說有些人辭了宮女後成為宦官的妻子。比起女色來說或許還算健全，但貓貓還是覺得難以理解。

（我會不會有一天也變成這樣？）

對於自己的這個問題，貓貓雙臂抱胸沉吟了一下。她沒有那方面的興趣。

貓貓迅速把洗衣籃送到定點，然後看了看坐落於中央的紅漆建物。建物各處彫梁畫棟，每根柱子無不別具匠心。經過精心雕琢的宮殿，比東邊僻處的建築物精緻多了。

目前在後宮當中住處規模最大的，是東宮太子的親娘梨花妃。眼下皇上未立皇后（正室），唯一育有男兒的梨花妃可說是此處權力最大的人。

在這當中看到的光景，與民間街坊相差無幾。

就是一個破口大罵的女子、一個低著頭的女子、一群驚慌失措的女子與一個居中調解的男子。

（跟青樓沒什麼差別嘛。）

貓貓帶著極為冷靜的感想，加入第三者——也就是看熱鬧的行列。

從周圍交頭接耳與當事人的風貌，貓貓看出開罵的女子是後宮最有權力之人，低頭的女子是僅次於她的人，驚慌失措的是侍女，居中調解的是已經不再是男人的醫官。按照順序分別是東宮太子的親娘梨花妃；接著是產下公主，又深得皇上歡心的玉葉妃；至於宦官太醫，貓貓不認識這個人。只是她聽說在這廣大的後宮當中，能稱為醫官的只有一人。

「都是妳不好。我看妳是因為自己生了女兒，就想下咒殺了本宮的兒子吧！」

花容玉貌一旦扭曲起來，也成了凶神惡煞。幽魂般的慘白肌膚與有如惡鬼的眼神，對準了以手護著臉頰的美女。手掌撫摸的臉頰紅腫了起來，大概是挨了巴掌。

「妳應該也知道這是不可能的，小鈴也一樣在受罪啊。」

擁有紅色頭髮與翡翠眸子的女性冷靜地回答。這位可能繼承了濃厚西方血統的妃子——玉葉妃抬起臉來，看著醫師的臉。

「所以，想請太醫也來看看我女兒的病情。」

醫師雖然居中調解，但原因似乎就出在他身上。

似乎是醫師都只為東宮太子看病，所以她來抗議自己的女兒無人醫治。

貓貓不是不能體會她的心情，然而以後宮的制度而論，優先醫治男嬰乃是理所當然。

至於醫師也是一副無故遭人指責的表情，不過……

（我看這個庸醫是飯桶吧。）

竟然離兩位妃子這麼近都還沒發現。不，恐怕是根本就一無所知。

嬰幼兒的死亡、頭痛、腹痛、嘔心。然後是梨花妃的慘白肌膚與弱不禁風的身子。

貓貓一邊自言自語唸唸有詞，離開了騷動現場。

（有沒有什麼可以寫字的東西？）

邊走還邊想著這種事。

所以，她看都沒看經過身旁的人物一眼。

三話　壬氏

「又在鬧了。」

壬氏用含憂的神色喃喃自語。

宮中的紅粉青蛾在這種地方吵鬧，真是有失婦道。調解這類糾紛是壬氏的差事之一。

壬氏正試著撥開人群時，發現只有一個人擺出事不關己的態度走過來。

來者是個嬌小的下女，鼻子到臉頰長滿了雀斑。雖然外貌沒什麼其他顯眼的特徵，但看都不看自己一眼，不知道在自言自語些什麼的模樣，讓壬氏留下了印象。

本來應該只是如此。

後來大概過不到一個月，壬氏就接到東宮太子薨逝的消息。

哭得死去活來的梨花妃，整個人比日前更加消瘦，沒了受人讚譽為大朵玫瑰時的手采。

不知道是與兒子受到同種病魔侵犯，還是心病太重。

照那樣看來，下一胎是沒指望了。

東宮的異母姊姊鈴麗公主一時身體不適，但目前已經恢復健康，與母親一同安慰失去東宮的皇上。看皇上出入頻繁，也許下一胎不遠了。

公主與東宮都同樣罹患了原因不明的疾病。結果一方康復，一方卻亡故了。

是差在出生月數嗎？雖說不過差了三個月，仍會對嬰幼兒的體力造成大幅影響。

但梨花妃又是如何呢？

既然公主都撐過來了，照理來講梨花妃應該也能熬過這關。還是說死了兒子傷心過度？

壬氏一邊絞盡腦汁盡心思考，一邊繼續閱讀文書，一一捺印。

假如之間有什麼差異，可能就差在玉葉妃身上。

「我出去片刻。」

捺完最後一個印後，壬氏就離開了房間。

兩個腮幫子活像現蒸饅頭的公主，露出小寶寶的純真笑靨。小小手掌握緊了拳頭，抓著壬氏的食指。

「不可以喔，還不快放開。」

紅髮美女溫柔地將女兒用襁褓包好，讓她躺在搖籃裡。小寶寶怕熱而推開了襁褓，看著來訪者，發出不構成語言的開心叫聲。

「你似乎有事情想問？」

冰雪聰明的妃子，似乎察覺到了壬氏的心思。

「公主為何能夠恢復健康？」

壬氏開門見山地一問，玉葉妃輕輕一笑，從懷中取出了一塊碎布。

沒用剪刀直接以手撕下的布條上，寫著歪歪扭扭的字。不是寫字不好看，是因為用草汁寫成，所以字跡暈開而難以閱讀。

『白粉乃劇毒，勿讓乳兒碰』。

句子顯得生澀，也可能是故意這麼寫的。

壬氏偏了偏頭。

「白粉嗎？」

「是的。」

玉葉妃將搖籃裡的公主交給奶娘照顧，然後從抽屜裡取出某個東西。

這個用布裹著的東西是陶器，一打開蓋子，白色粉末便從中飄飛起來。

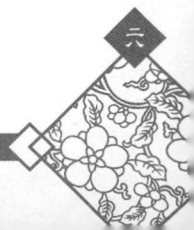

「白粉？」

「是的，就是白粉。」

這些粉末就只是白，會有什麼問題？壬氏捻起一撮看看。這讓他想起來，玉葉妃天生冰肌玉骨所以沒撲白粉，而梨花妃因為臉色不好，所以撲了很多白粉做掩飾。

「公主胃口好，光吸我的奶還不夠，所以我請奶娘再補餵些奶水。」

她說她僱用了嬰兒甫出生就過世的母親擔任奶娘。

「那白粉是奶娘在用的東西。她很愛用，說是比別家白粉更白。」

「那位奶娘呢？」

「似乎身體欠佳，所以我遣散了她，也給了一筆不少的金銀。」

娘娘說話盡情盡理，慈悲為懷。

假如白粉裡藏了某種毒物呢？

母親如果使用，會對胎兒造成影響，出生後於餵奶之際，也可能讓嬰兒吃下肚。

壬氏與玉葉妃都不知道那是何種毒物。只是如果採信神祕書信所言，就能理解是這種毒物要了東宮的命。不過就是平凡無奇的白粉，不知道後宮內有多少人在使用同一種東西。

「無知真是種罪過。既然是會讓乳兒吃下肚的東西，應該再多小心一點的。」

「我也有錯。」

結果導致天下失去了皇儲。若是再加上死於母親腹中的孩子，人數恐怕更多。

「我有告訴梨花妃白粉的事，但不管我說什麼，似乎都是適得其反。」

梨花妃到現在都還有黑眼圈，在面無血色的肌膚上撲滿了白粉，殊不知那是毒物。

壬氏看了看米色的碎布。很不可思議地，他覺得好像有點眼熟。

字體生疏，也有點像是故意掩飾筆跡，但看起來有些像是女性的字體。

「究竟是誰留了這封信？」

「就在我請醫官為女兒看病的那天收到的。結果那天只是徒增你的麻煩，不過後來，這封信就放在我的窗邊，綁在杜鵑花枝上。」

這樣看來，應該是那場風波讓某人注意到了什麼，提出了建言吧。

究竟會是誰？

「宮中的醫官想必不會這樣拐彎抹角。」

「是的，畢竟太醫似乎到最後都不知該如何醫治東宮。」

那時候的風波……

這讓壬氏想起，在看熱鬧的人群當中，有個一臉事不關己的下女。

那人嘴裡嘟嘟噥噥的，不知在唸些什麼。

她那時候說了什麼──

『有沒有什麼可以寫字的東西？』

忽然間，一些事情在壬氏的腦中連成了線。

他忍不住嗤笑了起來。

「玉葉妃，若是找到這個寫信人，妳有何打算？」

「此人可是恩人，當然得答謝了。」

娘娘兩眼閃閃發亮。原來如此，看來是興味盎然。

「我明白了。這信可以由我暫時保管嗎？」

「期待你的好消息。」

玉葉妃對壬氏露出美麗動人的笑靨。壬氏也以笑容回應，然後拿起白粉容器與帛書。壬氏用布料的觸感追溯記憶。

「既是寵妃的請求，那就非得找出來不可了。」

壬氏的笑臉當中，加入了小孩子尋寶般的天真無邪。

四話　天女的微笑

貓貓等到晚膳之際分配到黑布帶時，才知道東宮太子已經薨逝。

她們必須在七日之間配戴著這個，代表服喪的意思。

這段期間內，膳食中本來就少得可憐的肉類全沒了，有些人還為此嘟著嘴。婢女的膳食一天兩頓，都是雜糧跟湯，頂多就是偶爾附一道菜。雖然對於骨瘦如柴的貓貓來說已經夠了，不過大多數人恐怕都沒吃飽。

即使一概稱為下女，身世背景卻各有不同。

有人是農民出身，也有人是市井小民，連官家小姐都有，只是人數較少。既然父親是當官的，待遇應該會好一點，如果這樣還只能打雜，那就是本人的教養問題了。連讀書寫字都不會的人，不可能當上擁有個人房的妃子。妃嬪是一種職業，是有領薪俸的。

（結果好像沒意義？）

貓貓知道東宮的病因。

梨花妃與侍女都使用了大量雪白的白粉。那是庶民買不起的高級品。

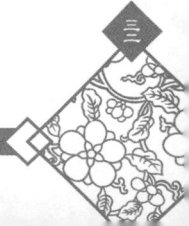

青樓的高級娼妓也都在用這種化妝品。有些娼妓一晚就能賺到農民一輩子的銀錢。在那裡有人會自己購買白粉，也有的是受人餽贈。

這種把頭頸撲得粉白的化妝品會侵蝕娼妓的身體，已經讓許多人斷送了性命。

因為不管阿爹如何勸說「別再用了」，她們照用不誤。

貓貓在阿爹身邊看過許多娼妓日漸消瘦，然後憔悴而死。

她們將性命與美貌放在天秤上，到最後兩頭空。

所以貓貓隨手折了一截樹枝，寫了封簡單的書信留給兩位妃子。不過她並不覺得兩位妃子會相信連紙筆都弄不到的婢女寫的警告信。

等到喪期結束，再也看不到黑布帶的蹤影時，貓貓聽說了玉葉妃的傳聞。說是失去東宮而傷心難過的皇上，現在很疼活下來的公主。

倒沒聽說皇上有去探望同樣失去骨肉的梨花妃。

（真是呼之即來，揮之即去。）

貓貓喝下放了一點點碎魚肉的湯，就把碗盤收收，前往當差的地方了。

「宮官長傳召？」

抱著洗衣籃的貓貓被宦官叫住。

說是要她前去位於中央的宮官長房間。

宮官是後宮的三大部門之一，指的是位階較低的宮女。至於另外兩個部門，擁有個人房的妃嬪屬於內官，宦官則屬於內侍省。

（不曉得有什麼事？）

宦官也找周圍的其他下女說話，看來不是只有自己。

一定是人手不足——貓貓心想。

貓貓把籃子放在房間前面，就跟著宦官過去了。

在後宮與宮外相通的四門當中，宮官長的樓房坐落於正門旁邊。當皇上造訪後宮之際，一定會經過這座大門。

雖然貓貓是被傳召來的，但這裡讓人有點坐立難安。

即使比起隔壁的內官長樓房來說稍顯遜色，但建築仍比中級妃子的樓房更加富麗堂皇。每一根欄杆都有雕飾，朱紅柱子上纏繞著鮮明奪目的龍身。

貓貓在宦官催促下進入室內，看到裡面只有一張大桌子，比想像中來得煞風景。裡面除了貓貓之外還聚集了約莫十名下女，臉上浮現不安與某種期待，以及略顯興奮的表情。

「好，到此為止。妳們可以回去了。」

（咦？）

不知怎地，前來的下女被不自然地分開。只有貓貓進入房間，其餘下女都滿臉疑問地回去了。

要說是人數已滿，房間看起來還很有空間。

貓貓偏著頭環顧周圍，這時發現眾宮女的視線都聚集在同一處。

房間角落不引人注目地坐著一名女子，還有伺候她的宦官，不遠處則有一名有點年紀的女子。貓貓記得中年女子是宮官長，那麼看起來比她更有架子的女子會是誰呢？

（唔唔？）

以女性來說肩膀有點寬，服裝也很樸素。頭髮用頭巾包著，留下幾綹髮絲灑落下來。

（男人嗎？）

那人臉上浮現天女般的柔和笑靨，看著宮女。宮官長都一把年紀了，還羞紅著臉。

原來如此，貓貓明白眾人為何紅雲染頰。

貓貓心想傳聞中美到不行的那個宦官，大概就是這個男的吧。

此人具有絲絹般的頭髮，婀娜的輪廓，修長的鳳眼與柳眉。即使是捲軸畫中的天女，怕也沒有如此美貌。

（真是可惜了。）

貓貓沒有滿面紅霞，心中只有這種感想。後宮裡的男人，全都是失去生殖能力的宦官。他們失去了寶貴的東西，所以不能生兒育女。如果是這名男子的兒女，不知會是多禁得起欣賞的小孩。

不過如果是那般只應天上有的美貌，大概就算是皇帝也能籠絡到手吧。貓貓正在想著這種粗俗無禮的事情時，男子以流暢的動作站了起來。

男子走向桌邊拿起筆，以優美的舉止行雲流水地寫了幾個字。

臉上浮現甘露般的甜美微笑，男子拿起字紙給大家看。

看到那段文字，貓貓僵住了。

『那邊那個雀斑女，妳給我留下來』。

大致上就是這種內容。

大概是沒看漏貓貓的反應，天女般的男子露出滿面笑容看著她。

男子把字紙收起來後，拍了兩下手。

「今天就此解散，妳們可以回房了。」

下女滿臉疑問，雖然覺得依依不捨，但還是走出了房間，不明白剛才那張字紙代表什麼意思。

貓貓此時才終於發現，走出房間的下女全都個頭嬌小，滿臉雀斑。她們看到那張字紙仍然毫無反應，想必是因為她們不識字。

那張字紙並非針對貓貓一人。

貓貓正想跟其他下女一起離開房間時，一隻手掌用力抓住了她的肩膀。

她戰戰兢兢地回頭一看，耀眼到差點沒讓人眼瞎的天女笑靨擺在眼前。

「怎麼可以開溜哩，妳應該要留下來吧？」

眼前是一張不容分辯的無上燦笑。

五話　貼身侍女

「這就怪了，我明明聽說妳不識字。」

貌美如花的宦官假惺惺地說。貓貓尷尬地跟在他後面走。

「是的，小女子出身卑賤，目不識丁。一定是哪裡弄錯了。」

（鬼才會跟你說真話。）

這句話就算撕裂了嘴，貓貓也不會說出口。

貓貓打定了主意裝傻。用詞可能有點不太對，但自己的確出身卑微，沒辦法。

識不識字會影響一名下女的待遇。識字與不識字各有其有用之處，不過佯裝不知，在人世間處事比較方便。

貌美如花的宦官自稱壬氏。

優美的笑容明明好像連蟲子也不敢殺，貓貓卻覺得他心懷鬼胎，否則不至於能讓貓貓陷入如此困境。

壬氏要她閉嘴跟來，然後就是現在的情況。

膽敢抗命就會丟掉腦袋，性命輕如鴻毛的婢女只能乖乖跟著走。貓貓滿腦子想著接下來會發生何種狀況，自己又該如何見招拆招。

貓貓並不是猜不到壬氏為何要像這樣帶她走，只是不懂事跡怎麼會敗露。

就是她送信給嬪妃的那事。

壬氏還刻意把一塊碎布握在手裡。那塊布上想必寫著又醜又笨拙的文字。貓貓沒跟任何人說過自己會寫字，也沒提過自家開藥舖，對毒物知之甚詳。也不可能因為筆跡而穿幫。

貓貓確認過四下無人才留下信箋，但也許還是被人瞧見了。有人在那裡看到她，才會盯上個頭嬌小且滿臉雀斑的下女。

壬氏一定是先召集會寫字的下女，收集了大家的筆跡。字跡這種東西就算故意寫得歪扭，也還是會留下個人習慣。

既然其中沒有筆跡吻合者，接著就召集不會寫字的人。

至於如何判斷識不識字，用的就是剛才那種手法。

（這人疑心病也太重了吧，應該說吃飽沒事幹。）

貓貓在心中罵著，沒多久就抵達了目的地。

果不其然，是玉葉妃居住的宮殿。壬氏叩門後，「請進。」一個凜然的嗓音回應。

進去一看，一位紅髮美女正滿懷母愛地抱著長有柔軟鬈髮的嬰兒。嬰兒的臉頰呈現玫瑰色，擁有遺傳自母親的淡色肌膚。看起來非常健康，半張的嘴巴傳出討人喜歡的細微鼾聲。

「人已帶到。」

「有勞你了。」

宦官不用剛才那種隨便的口吻，改用懂得分寸的言行。

玉葉妃臉上浮現有別於壬氏的溫和笑容，然後對貓貓低頭致意。

貓貓驚得瞪大了雙眼。

「小女子身分低賤，受不起娘娘如此多禮。」

貓貓斟酌著字眼說道，生怕有失禮數。由於出身卑微，她不知道這樣講話對不對。

「不，這還不足以表達我的謝意。妳可是我這小娃娃的恩人啊。」

「這都是誤會，娘娘恐怕是弄錯人了。」

貓貓冷汗直流。就算講得再有禮貌，否定就是否定。

她不想被砍頭，但也不想跟這些人扯上關係。她並不想屈從權貴。

壬氏注意到玉葉妃表情變得有些困擾，於是甩了幾下碎布給貓貓看。

「妳知道這是下女工作服使用的布料嗎？」

「說起來的確很像。」

貓貓裝傻到底，即使她知道沒用。

「對，是在尚服當差的下女的衣物。」

宦官分成六尚，掌管衣服的稱為尚服，主要負責洗衣差事的貓貓就是被分配到這裡。

貓貓的米色衣裙與壬氏手持的布塊同色。而且只要經過檢查，就會發現衣裙內側以皺褶巧妙藏起的部分，有一條奇怪的縫線。

換言之，證據就擺在這裡。

貓貓不認為壬氏會當著玉葉妃的面做出無禮行為，但沒有十足把握。只能在還沒丟人現眼之前做好覺悟了。

「我該做什麼才好？」

兩人面面相覷，將貓貓這句話當作是承認了。

兩者臉上都浮現出能夠讓人眼瞎的溫柔笑容。聽著嬰兒安詳的鼾聲，貓貓無力地輕嘆一口氣。

貓貓自第二天起，不得不收拾不算多的隨身物品。

小蘭或是同住一間房的人都稱羡不已。

她們一再追問事情怎麼會演變至此。貓貓只能面露乾笑，顧左右而言他。

貓貓成了皇帝寵妃的侍女。

哎，就是一般所說的出人頭地。

六話　試毒人

這下來得正好——壬氏心想。

他日前找到的一個奇怪的少女，可能使得眼下的一個問題有所改善。

皇上寵愛有加的玉葉妃身邊目前有四名侍女。下級妃子也就算了，以身為上級妃子的玉葉妃而論，侍女人數太少了。

侍女都說她們可以完成所有差事，玉葉妃也不怎麼想多增加些侍女。

壬氏知道原因為何。玉葉妃雖然性情開朗穩重，同時卻也冰雪聰明且行事謹慎。她在後宮這種女人天下處於接受皇上寵愛的立場，若是不懂得懷疑別人，有幾條命都不夠。

實際上已經發生過多起暗殺未遂事件，特別是在她懷鈴麗公主的時候。

起初她帶了十名侍女，現在卻減到一半以下，也是因為這個原因。除非破例，否則只有在入宮時可以從老家攜帶侍女。而她破例找進來的，就是上次說的那個奶娘。

玉葉妃不會收後宮內來路不明的宮女當侍女。但這樣會保不住上級妃子的顏面。壬氏正在希望至少能再添補一人。

所以，壬氏決定安插那個雀斑臉下女。

為了感謝女兒的救命之恩，玉葉妃想必不會推拒。更重要的是，那個下女擁有毒物的相關知識，不利用就可惜了。

雖不能保證雀斑女不會濫用這份知識，但若是擔心這點，將她趕去無法濫用的立場就行了，簡單得很。

為防萬一，先用個美人計吧。壬氏咧嘴一笑。連壬氏都覺得自己實在夠惡毒。

但他無意改變做法。這就是壬氏的存在價值。

○●○

一旦當上貼身宮女，而且還是皇上寵妃的侍女，待遇自然也會更好。

至今處於金字塔最底層的貓貓，階級晉昇到了差不多中間位置。聽人家的解釋是薪俸也跟著水漲船高，然而其中有兩成要歸老家——也就是拐賣貓貓的商家口袋。制度真是複雜。反正一定是貪得無厭的狗官為了中飽私囊才設計這種制度的。

貓貓不用再住之前的大通鋪，而是獲賜一個狹窄的房間。

她的地位從只能睡在疊起粗草蓆再蓋上褥子的被窩，提昇到了有床的房間。雖然房間只有兩張床的大小，不過早上不用踩著同僚的身體起床的確讓人開心。

還有一個令貓貓開心的理由，這個晚點就會知道了。

玉葉妃居住的翡翠宮，除了貓貓之外還有四名侍女伺候。由於公主已開始斷奶，說是才剛讓一名奶娘辭職，不過貓貓大致可以猜到理由。

比起梨花妃有超過十名侍女服侍，這裡的人數實在很少。坦白講，當侍女聽說突然有個最低階的宮女成了同僚，大家都面有難色，但沒有做出貓貓想像過的整人行為，反而是用同情的目光看她。

（為什麼？）

她很快就知道理由了。

使用了大量藥膳的宮廷料理擺在眼前。

玉葉妃的侍女長紅娘將每樣菜裝了一點在小碟子裡，放到貓貓面前。玉葉妃歉疚地看著她，但似乎無意制止。其餘三名侍女都用哀憐的目光看著貓貓。

地點在玉葉妃的房間。為娘娘烹製的膳食每次都會送到這個四面環繞雅致傢俱的空間。外人烹製的膳食，在送到這個房間之前會經過多人之手。作為受到皇上寵愛的女子，必須考慮到途中有人下毒的可能性。

所以就需要一名試毒人了。

東宮太子那件事，讓大家都變得神經兮兮。

因為大家都在謠傳公主會患病，或許是因為食物裡有毒。不知道毒物來源的侍女，必定都被可能加在任何食物裡的毒藥給嚇壞了。

這時候如果送來一個專門試毒的下女，就算被視為一枚棄棋也不奇怪。不只是玉葉妃的膳食，公主的斷奶食與皇帝臨幸時的養生膳食也包括在試毒範圍內。

聽說在診斷出玉葉妃有孕時，食物曾經二度遭人下毒。一人只是輕微不適，另一人卻神經受損，手腳都癱瘓了。

坦白講，以往戰戰兢兢地負責試毒的侍女一定很感謝貓貓。

貓貓看著裝菜的碟子皺眉。碟子是陶器。

（如果怕有毒，用銀器應該是基本吧。）

貓貓用筷子夾起魚膾，仔細看看用料，再聞聞味道。

她將魚肉放在舌頭上，確定不會發麻後慢慢嚥下。

（其實我並不適合做試毒的差事。）

如果是發作快的毒藥還好，發作慢的毒藥就算讓貓貓來試也沒意義。因為貓貓長久以實驗為由慢慢讓身體習慣毒素，猜想可能有很多毒物已經對自己無效。

這不是藥舖的工作之一，只是用來滿足貓貓的求知慾罷了。據說在西方國家，會如此稱呼行事不受他人理解的研究者──「瘋狂科學家（Mad scientist）」。

就連傳授貓貓藥師技術的阿爹，都對這種行為大搖其頭。

貓貓不看身體的變化，而是從自己的知識當中確認過沒有相符的毒物，玉葉妃這才能夠開始用膳。

接著就換淡而無味的斷奶食了。

「竊以為不如將盤子換成銀器。」

貓貓不帶感情地告訴上司──紅娘。

作為第一天的活動報告，貓貓被傳召到紅娘的閨房。房間雖然寬敞，但沒有華美的裝飾，彷彿代表了她務實去華的性格。

即將踏入三十大關的黑髮貌美侍女長嘆一口氣。

「真的就如壬總管所說呢。」

侍女長一臉傻眼，向貓貓坦承她們是刻意不用銀製食器。

是壬氏如此吩咐的。

命令貓貓試毒的八成也是那個男人。

貓貓一邊克制著不讓冷淡表情變得更難看，一邊聽紅娘怎麼說。

「我不知道妳是出於何種理由而隱瞞這些知識，不過還真是一項既能要命，又能治病的能力呢。妳若是坦承自己會寫字，應該能領到更多薪俸才是呀。」

「因為小女子早先是經營藥舖維生，後遭惡人綁來，只要想到如今仍有一部分薪俸進了那些綁匪的口袋裡，就覺得怒火中燒。」

貓貓情緒激動起來，措辭變得有點粗魯，但侍女長並未怪罪。

「換句話說，妳寧可自己的薪俸減少，也不願替那些惡人付酒錢是吧。」

聰慧的宮女似乎理解了貓貓的動機。貓貓見對方聽了沒有怪罪下來，不禁鬆了口氣。

「況且若是個無能的下女，勞役兩年後多得是別人遞補嘛。」

順便連不用理解的部分都洞察到了。

紅娘拿起桌上的水瓶，讓貓貓拿著。

「這是……」

貓貓還來不及問，她的手腕登時一陣疼痛。衝擊力道把人家讓她拿著的水瓶震落在地，陶製水瓶留下了一大道裂痕。

「哎呀呀，這瓶子可是挺貴的喲，貴到區區宮女的薪俸是賠不起的。這下就不能送錢給老家了，反而還得索賠呢。」

貓貓似乎明白了紅娘想說什麼，不帶表情的臉上浮現一絲譏嘲的笑。

「小女子知罪。請侍女長從每月寄回老家的銀錢當中扣除。不夠的話，再從我手邊的錢扣吧。」

「好的，我會到宮官長那邊辦好程序。還有……」

紅娘把弄掉的水瓶放到桌上，從抽屜取出木簡，拿筆流利地寫了些字。

「這是負責試毒的追加薪俸明細，算是危險津貼吧。」

金額跟貓貓目前的俸祿幾乎相同。而且因為不用抽取佣金，貓貓反而有賺。

（甜頭給得真巧妙。）

貓貓深深低頭致謝，然後離開了房間。

七話　樹枝

自入宮以來伴隨玉葉妃左右的四名侍女，個個做事勤快。

翡翠宮雖然算不上大，但幾乎只靠四名侍女處理雜務。即使尚寢……也就是專門打掃住處的下女也會過來，但寢室不用說，屋內全是由四名侍女清掃完成。附帶一提，這本來並非侍女的分內之事。

因此新來的貓貓除了吃飯之外，就沒其他事可做了。

可能是覺得把最討厭的工作塞給人家於心有愧，也可能是不希望自己的地盤受到侵擾，除了紅娘以外，從來沒人拜託貓貓做事。說要幫忙，人家反倒還婉拒說「沒關係的」，硬要貓貓待在房間裡。

（讓人坐立難安。）

被人關在小房間裡，只有一天兩餐與白日茶會有事可做，再來頂多就是皇上幾天臨幸一次時試吃養生膳食。紅娘偶爾會貼心地請貓貓做事，但都只有很快就能做好的簡單差事。

除了試毒，飯食也比以前豪華了。茶會中會端出甜點心，假若有剩，貓貓也能分到一點。

由於不用再做牛做馬，攝取的營養都直接變成身上的肉。

（感覺好像成了家畜。）

貓貓還有一個問題，不適合從事試毒這份工作。

因為貓貓本來就瘦，所以就算因為中毒而消瘦，也不容易看出來。

再說致死量與體格是成正比的。越胖就越有可能撿回一命。

雖說貓貓不可能辨識不出強勁到能讓人消瘦的劇毒，而且大多數毒物即使攝取到超過致死量，她也有自信能熬過去，但旁人似乎不這麼想。

聽人家說，又瘦又小的貓貓看起來比實際年齡更小。侍女似乎很同情這枚可憐的棄棋。都吃撐了，人家還是幫她多添一碗粥，配菜也比別人多一塊料。

（讓我想起青樓那些小姐了。）

貓貓照理來說應該是個不愛理人，不愛講話又不可愛的生物，不知為何卻很受到青樓女子的疼愛，動不動就給她點心，或是叫她吃飯。

——附帶一提，貓貓似乎沒注意到，其實她受人疼愛是有原因的。

貓貓的左臂有著數不清的傷痕。

刀傷、戳傷、燙傷疤痕加上彷彿被針刺過的傷疤。

又瘦又小，手臂上有數不清的傷痕。

手臂常常包著繃帶，偶爾還會臉色蒼白昏倒在大街上。

大家都難過在心裡，覺得她之所以不愛理人又不愛講話，一定是因為一直以來備受欺凌的緣故。

大家似乎都以為貓貓遭受虐待，其實卻不然。

全都是貓貓自己做的。

她檢驗傷藥或止膿藥的效用，一點一點吞下毒藥培養抗性，有時還主動讓毒蛇咬傷。偶爾也會弄錯劑量而昏倒。

所以傷口才會只集中在非慣用手的左臂。

貓貓毫無半點越痛越舒服的被虐興趣，然而就求知慾過度偏向藥品與毒物方面這點來說，跟一般姑娘可說相差甚遠。

有這種女兒，倒楣的是阿爹。

作爹的是希望在煙花巷過日子的女兒，能走青樓女子以外的路，所以才教她藥物知識與識字，曾幾何時卻開始無故遭人誹謗或中傷。

有一部分的人了解事情真相，多數人卻用冰冷的眼光看阿爹。

他們想都沒想到年紀輕輕的姑娘，會重複進行名為實驗的自殘行為。

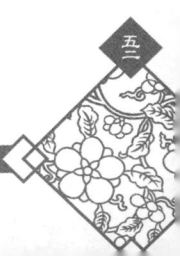

因為這些原因，大家都把貓貓當成一個可憐姑娘，受父親虐待，到最後還被賣到後宮，被迫成為死不足惜的試毒下女。

本人對這些事卻絲毫不覺——

（這樣下去我會變成豬。）

就在貓貓開始有這種想法時，一個討厭的來客出現在她面前。

「比平常晚了呢。」

玉葉妃對來客說。

讓人聯想到天女的宦官，帶著一名貼身宦官來訪。看來這個容貌秀麗的青年會定期巡訪各位上級妃子。

貓貓為貼身侍從給她的茶點試毒後，就到坐在羅漢床上的玉葉妃背後待命。紅娘去替公主換尿布了，所以貓貓代行其職。縱然是宦官，沒有侍女在場還是不能與上級妃子會面的。

「是的，我接到邊疆民族討伐已畢的消息。」

「哎呀？那麼，情況如何？」

玉葉妃表現出好奇心。這對後宮裡的籠中鳥來說，是刺激性十足的話題。玉葉妃雖為皇上寵妃，但歲數尚輕，記得年齡跟貓貓只差不到兩三歲。

「竊以為這個話題，不適於在嬪妃面前談論。」

「不能做到清濁並吞，在這地方是過不下去的。」

玉葉妃說出膽識十足的話來。

壬氏瞅了貓貓一眼。品頭論足般的目光隨即回到原位。

「也不是什麼有趣的事。」壬氏講起鳥籠外的事情。

○●○

日前眾將士出兵遠征，原因是接獲了消息，說邊疆民族又在圖謀不軌。

這個大致來說天下太平的國家，不時仍會發生這類問題，教人頭痛。

眾將士順利揪出了潛入中原的斥候，幾乎未造成任何傷亡，就成功趕走了奸細。

但在歸途中出了問題。

野營的伙食遭人下了毒。有十幾人吃了東西之後表示有中毒症狀。

此外又聽說，也有其他士兵為此怫然不悅。

軍糧是在與邊疆民族接觸前從附近村子弄來的。鄰近的村子雖然地屬中原疆土，從歷史上來說，卻與邊疆民族多少有點關係。

一名將領捉拿了村長，並將捉拿時抗命的村民就地正法，罪名是與邊疆民族狼狽為奸。

至於其餘村民，則靜待村長處分下來後再行處置。

○●○

壬氏講完事情梗概後，慢慢喝了一口茶。

（怎麼會有這種事？）

貓貓差點頭痛起來。如果可以，她真不想聽到這件事。世界上有很多事情不如不知道為妙。

可能是皺著眉頭被發現了，天女的容顏看著貓貓。

（拜託不要看我。）

貓貓如此心想，但天不從人願。

壬氏注意到貓貓的表情，嘴唇彎成了弧線，一副刺探人的笑臉。

「妳是否發現到了什麼？」

既然對方都說「什麼都好，講來聽聽」了，貓貓只能找點話講。

再說……

（說了可能也沒意義。）

但是如果不說，邊境的一個村子必定慘遭滅村。

「那麼請准許小女子表述一己之見。」

貓貓拈起了花瓶裡的一根樹枝。這根沒有花朵的樹枝是常綠杜鵑，跟以前貓貓繫上信箋的那根樹枝同種。

貓貓撕下葉片，含進嘴裡。

「那個好吃嗎？」

由於玉葉妃這樣問，因此貓貓搖了搖頭。

「不，攝取之後會造成噁心或呼吸困難。」

「呃，不，但妳剛剛不是舔了一口嗎？」

壬氏狐疑地看她。

「請別介意。」

貓貓不正面回答宦官的疑問，將樹枝放在桌子上。

「即使在後宮內，也一樣有著具有毒性的植物。例如這種植物的葉片有毒，其他一些草木是樹枝或樹根有毒，還有的植物是僅僅焚燒新鮮木柴就會使人中毒。」

對於聰明的玉葉妃或兩位宦官，只要提供這點線索就夠了。

貓貓雖覺得是畫蛇添足，但仍繼續說：

「若是野營的話，很有可能就地取材充當筷子，或是用木柴生火。」

「這……」

「那不就……」

壬氏與玉葉妃都蹙額顰眉。

這就表示村民是無故遭殃。

貓貓看到壬氏摸著下巴陷入了沉思。

（雖然不知道這人權力有多大……）

只希望他能多少盡點力量。

貓貓看到紅娘帶著鈴麗公主走進來，於是與她換班，離開了房間。

八話　春藥

美若天仙的青年，臉上自始至終都浮現著神仙中人的笑靨，優雅地坐在迎賓室的布面胡椅上。

（今天又不知道有何貴幹？）

相較於貓貓的冰冷態度，三名侍女紅著雙頰泡茶迎接客人。牆壁後頭傳來了小爭吵，看樣子應該是在吵由誰來負責備茶。

紅娘受不了她們，自己來準備茶具，並吩咐三人回房間去。三名侍女顯而易見地變得垂頭喪氣，回自己的工作崗位去了。

負責試毒的貓貓端起銀製茶杯，聞過味道後輕啜一口。

壬氏從剛才到現在一直盯著貓貓看，讓她渾身不自在。貓貓瞇起眼睛，以免跟他視線對上。

若是換成年輕姑娘，縱然對方是宦官，能讓這樣一位美男子盯著瞧應該會心中竊喜，然而貓貓不會。由於她的興趣所在跟別人大有不同，所以即使她明白壬氏仙姿玉色，仍不禁用

保持距離的眼光看他。

「這是別人給我的，可以替我嚐嚐嗎？」

籃子裡放了包子。貓貓拿起包子掰開看看，裡面塞滿了絞肉與蔬菜。

一聞之下，嗅出了似曾相識的某種藥草味。

跟前天吃到的壯陽藥一樣。

「裡面放了催淫藥。」

「不用吃也知道啊？」

「這對健康無害，所以請帶回去吧。請盡情享用。」

「不，只要想到這是誰給我的，誰還會乖乖吃下去？」

「是，也許今晚就會登門造訪了。」

聽到貓貓淡定地說，可能是跟預料中的反應不同，壬氏擺出一副難以言喻的神情。他是明知包子裡有催淫藥，還讓貓貓試吃。沒用看毛蟲的眼神看他已經算不錯了。

話說回來，給他這種東西的會是什麼樣的人？

看兩人這樣說話，玉葉妃發出了銀鈴般的笑聲。鈴麗公主躺在她腳邊睡得香甜。

貓貓行過一禮之後，就打算離開客廳。

「慢著。」

「有何貴事？」

壬氏與玉葉妃四目交接，兩人都點點頭。看來在貓貓過來之前，已經提過真正的來意了。

「可否為我配製一帖春藥？」

貓貓的眼眸瞬間浮現驚訝與好奇的色彩。

（什麼意思？）

雖不知道壬氏要這帖藥做什麼，但對貓貓而言，調藥過程必定是段幸福洋溢的時光。

貓貓一面克制著不露出微笑，一面如此言道：

「若能給我時間、材料與器具的話。」

我就可以調配出如同春藥的藥劑——她說。

○●○

這下如何是好？壬氏心想。

柳眉憂鬱地皺起，雙臂抱胸。

人們說壬氏只要換個性別便能傾國，他也得到過讓人開心不起來的讚譽，說是只要他本

人有那個意願，即使面對皇帝性別也不具意義。

今天又有後宮的一位中級妃子、兩位下級妃子，以及殿中的文武官員各一名跑來勾搭壬氏。武官甚至還給了他內含壯陽藥的點心，因此他今夜不去值勤，而是回到了宮中的個人房來。這是為了自衛，不是偷懶。

壬氏流利地把名字寫進桌上的捲軸。

是今天勾搭他的妃子名字。竟然只因為皇上不臨幸，就想把野男人帶進寢室，簡直是不守婦道。即使這不能算是正式奏摺，今後想必會有適當的裁決。

壬氏思考著，不知有多少籠中鳥知道他的美貌是嬪妃的試金石。

嬪妃的地位首先看雙親的家世，然後以美貌與賢德作為遴選基準。比起家世與美貌，賢德可遇不可求。嬪妃必須具備堪為國母的高度教養，而且貞操觀念也不可少。

壞心眼的皇帝決定拿壬氏當遴選基準。

玉葉妃與梨花妃也是壬氏舉薦的。玉葉妃思慮深遠而聰慧，梨花妃雖然為人感性，但比任何人都具有后妃之風。

兩人都對皇帝忠貞不二，找不到半點歪心邪意。

梨花妃更是達到了醉心於皇帝的境界。

不得不說吾主實在心狠。命人湊齊適合自己與國家的妃嬪，讓她們生兒育女，一旦判斷沒有那個能力，就棄如敝屣。

今後皇帝的寵愛，想必會繼續偏向玉葉妃。

皇帝最後一次去消瘦如幽魂的梨花妃那邊，是在東宮太子薨逝之時。除了梨花妃之外，還有多名妃子不再有用。這些妃子將會另尋機會命其返回故里，或是賞賜給官員。

壬氏從疊起的文書中抽出一枚。

級別為正四品，屬於中級妃子，名為芙蓉。

日前這名妃子已決定賞賜給一名武官，作為擊退邊疆民族的褒賞。事實上那人並沒有做出一騎當千的英勇表現，褒獎的是他勸阻了其他行事衝動的武官。

某個村子蒙受冤罪的負面情事，則沒有被公開處理。政治就是這麼回事。

「這下且看事情能否順利進行吧。」

只要按照自己腦中的計畫進行，應該不會出亂子。

計畫的某些部分，可能得請不愛理人的藥師姑娘多多幫忙。壬氏覺得這女孩比想像中還有用。

雖然不是所有人看到自己都會發情，但這還是頭一次有人看他就像見著毛蟲。

本人或許以為自己隱藏得很好，卻沒完全掩蓋掉表情中微微浮現的侮蔑目光。

壬氏忍不住想笑。人稱好似天降甘霖的笑靨當中，夾雜著少許的黑心腸。

他並非喜歡受辱（被虐狂），但就是莫名地覺得好玩。就像得到了新玩具的心情。

「不知今後會有何發展。」

壬氏把文書放到硯臺下，決定上床就寢。

為了提防半夜的不速之客，也不忘把門鎖好。

○●○

有個名詞叫做萬靈丹，但實際上沒有什麼藥是萬能的。

貓貓也曾經對父親講過的話不服氣。

她想調配出對任何疾病、任何人都有效的藥。因此她在自己身上留下讓人不忍卒睹的傷口，長期持續研發新藥，然而到目前為止，完成萬靈丹的日子仍然遙遙無期。

即使貓貓非常不高興，但壬氏的提議仍足以引起她的興趣。

因為自從進入後宮以來，貓貓頂多只有煮過一點甜茶。雖然後宮生長的草藥材料多到讓她驚嘆，但她沒有器具，又不好在大通舖做出怪異行為，只好一直克制到現在。

分配到個人房最讓她高興的，就是這方面的好處。

貓貓出門是要採集藥材，不過她揹了個洗衣籃當藉口。在紅娘的貼心安排下，今後應該會由貓貓負責洗衣。

貓貓假裝把待洗衣物送來，走進人家事前告訴她的醫局。室內有之前那個只會張皇失措的醫官，以及常跟著壬氏的宦官。

醫官一邊摸著泥鰍般的小鬍子，一邊用目光上下打量貓貓。

只差沒說「這麼一個黃毛丫頭，怎能來踐踏咱家的地盤」。

（還請公公別這樣盯著我這醜女看。）

不同於醫官，宦官用對待主子般的禮貌動作為貓貓帶路。

被領進三面圍著藥櫃的房間時，貓貓臉上浮現出進入後宮以來最燦爛的笑容。她滿面紅霞，兩眼水亮，原本抿成一條線的嘴唇描繪出柔和弧線。

宦官表情驚訝地看著貓貓，但她不在乎。

貓貓望著抽屜上的字樣，一看到珍貴藥材就不禁做出手舞足蹈的奇怪動作。喜悅之情泉湧而出，無法壓抑在自己的腦內。

「這是哪種詛咒還是什麼？」

貓貓重複這種舉動長達兩刻鐘（半小時）。

不知何時出現的壬氏，用奇異的目光看著手舞足蹈的貓貓。

貓貓從最邊緣的抽屜依序取出可能用到的藥材。她將藥材分別用包藥紙包好，提筆寫上名稱。時下文書仍以木簡為主，能用這麼多紙張實在奢侈。

八字鬍醫官會跑來看貓貓是何方神聖，於是宦官把門關了。宦官好像名叫高順，是個有著沉靜五官與健壯體格的宦官，如果不是待在這種地方，貓貓會以為他是武官。此人似乎是壬氏的副手，經常跟隨左右。

抽屜位置比較高時，高順會幫忙拿取。至於他的上司則是袖手旁觀。貓貓面無表情，心裡在想「不幫忙的話幹麼不走開」。

在最高一層的抽屜上，貓貓發現了熟悉的藥名，伸長了上半身。

看到高順拿給自己的東西，貓貓露出難以言喻的表情。

手心裡躺著幾顆種子。貓貓本以為可以做出想要的東西，但份量太少了。

「只有這些的話不夠。」

「那我命人準備就是了。」

不必要地賣弄笑容，只看不幫忙的美男子講得簡單。

「這東西必須取自西域以西之地的南方喔。」

「在貿易品裡找找總會有的。」

壬氏拈起一顆種子。種子形似杏仁，散發出獨特的氣味。

「這東西叫作什麼？」

貓貓回答了青年的詢問。

「此物名為可可亞。」

她說。

九話　可可亞

「總之它的效用我知道了。」

壬氏用傻眼的口氣對貓貓說。

「小女子也是。」

壬氏看著眼前的慘狀，變得有點呆滯失神。

「是啊，的確。」

平常那種不必要地耀眼的笑容沒了，只露出一臉倦容。

「怎麼會變成這樣啊。」

事情要追溯到幾個時辰前了。

送到的可可亞不只種子，還有磨成粉的。其他貓貓索取的原料，都搬進了翡翠宮的廚房裡。三名侍女好奇地跑來看熱鬧，但紅娘講了她們一下後，就都回各自的工作崗位去了。

牛奶、酥（奶油）、砂糖、蜂蜜、蒸餾酒與果乾，還有增添香氣的香草油。每種都是營養價值極高的高級品，同時也都能當成壯陽藥。

貓貓只吃過一次可可亞。那是將粉調成糊再摻入砂糖成形的東西，送給她的青樓女子說那叫「巧克力」。

雖然只是指尖大小的碎片，不過吃下去後，感覺就像將較烈的蒸餾酒一飲而盡，心情變得莫名地開朗。

那是心懷不軌的客人為了吸引當紅娼妓的注意，佯稱是珍稀點心送給她的。很遺憾地，據說娼妓看到貓貓的模樣不對而大發雷霆，那個客人從此遭到老鴇以閉門羹待之。日後才知道那是貿易商人販賣的春藥。

後來貓貓弄到了幾顆種子，但沒當成藥材過。

因為煙花巷的藥舖沒有客人要買那種高級品。

在貓貓僅有的記憶中，巧克力是以油脂凝固而成的食品。貓貓會盡可能將許多藥品、毒物的氣味與滋味記起來，對於食材也擁有鮮明的記憶。

時下仍是炎熱季節，貓貓不認為用酥可以順利凝固，於是決定在裡面包果乾。如果有冰塊就更完美了，但她覺得應該很難入手，就沒列在材料裡了。

取而代之地，她準備了一只素陶水缸，裡面裝了半滿的水。藉由水的蒸發效果，內部比外面空氣稍微涼爽一點，應該是油脂勉強能凝固的溫度。

貓貓用湯匙舀起拌勻的液體，嚐個一口。

透過舌頭，除了苦味與甜味，還感覺到能使人情緒興奮的成分。

貓貓如今對酒或毒物都更有抗性，情緒不像以前那般興奮，但仍覺得藥效有點強。

（或許該做得再小顆一點。）

貓貓用只是在金屬板上開洞製成的菜刀把果乾切半，浸入褐色液體中。

然後放在盤子上，在水缸裡懸空掛著收好。

最後蓋上蓋子，以粗草蓆覆蓋，再來只等凝固。

壬氏到了傍晚時分就會來取，在那之前應該已經凝固了。

（剩了一點呢。）

褐色液體還有剩。材料用的是上好的高級品，營養價值也很高。雖說是春藥，反正對貓貓沒多大效用，她決定晚點吃掉。貓貓將麵包切成方塊，讓它吸飽褐色液體。這樣的話應該不需要冷卻。

貓貓替它蓋上蓋子，放到了架子上。

其餘材料整理好放到自己房間，貓貓就到外面水池去洗衣服了。

這時候也應該將切好的麵包拿到自己房間去的，但貓貓沒想到那麼多。可能是因為試吃造成情緒有點太興奮了。

總之，覆水難收。

後來，貓貓趁著去辦紅娘拜託的事，又順便去採長在外面的藥草時，事情發生了。貓貓完全忘了自己把麵包放在架子上的事。她把大量藥草放進洗衣籃裡，心裡正高興時，發現臉色發青的紅娘與面色含憂的玉葉妃在等著自己。又看到高順也在，可見壬氏應該也來了。

看到紅娘以手扶額指著廚房，貓貓把籃子塞給高順，衝向了現場。

只見壬氏表情傻眼地看著貓貓。

講得委婉點，一片可說是春色無邊的空間在眼前鋪展開來。三名侍女互相依偎著沉沉睡去。她們衣衫不整，掀起的衣裙下露出撩人的大腿。

「這是怎麼回事？」

紅娘逼問貓貓。

「小女子不知該如何回答。」

貓貓靠近三名女子，蹲下後掀起每個人的衣裙做確認。

「沒事，是未遂——」

貓貓還沒回答完，已經被羞紅了臉的紅娘在後腦杓上拍了一下。

桌上放著褐色的麵包。

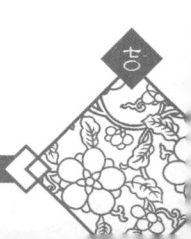

數量少了三塊。

看來是三名侍女錯當成點心了。

讓侍女安睡在各自的房間後，貓貓累壞了。

在起居室，玉葉妃與壬氏好奇地看著巧克力麵包。

「這就是那個春藥嗎？」

「不，這些才是。」

貓貓遞出內包果乾的巧克力。眼前擺著約莫三十顆拇指指甲大小的顆粒。

「那這些又是什麼？」

「我的消夜。」

可能是用詞不對，其他人明顯一副退避三舍的表情。高順或紅娘的目光也像在看一個異類。

「只要習慣接觸酒類或刺激物，效用不會太大。」

貓貓以前會拿實驗用的毒蛇泡酒喝，因此是個酒國英雌。

貓貓將酒分類為一種藥。越是禁不起刺激的人，藥物越容易生效。貓貓認為在此發揮了催情效用的這種麵包，拿到栽培原料種子的地區不見得如此有效。

壬氏拈起麵包，細細端詳。

「那麼，我吃應該不礙事吧？」

「萬萬不可！」

紅娘與高順的聲音重疊了。貓貓覺得自己好像是初次聽到高順的聲音。

「說笑罷了。」壬氏說完，把麵包放回了盤子裡。

的確，在皇帝的寵妃面前服食春藥可謂無禮之至，但更重要的是，萬一這副天女的美貌兩頰緋紅地撥雨撩雲一番，恐怕誰都把持不住。

誰教此人就只有一張臉特別好看。

「下次請妳為了皇上調製一些好了，添點情趣。」

玉葉妃開心地說。

「但效用可能會比平常的壯陽藥強上三倍。」

貓貓一說，玉葉妃露出了有點複雜的表情。

「三倍……」

是指持久性嗎？——玉葉妃這句話，貓貓決定當作沒聽見。看來娘娘也怕吃不消。

貓貓將春藥移進附蓋的容器，交給壬氏。

「由於效用很強，一次請以一顆為限。服食過多可能會血脈賁張導致流鼻血。此外，請於與心上人獨處時使用。」

貓貓傳達完注意事項後，壬氏起身離席。

高順與紅娘離開房間，準備打道回府。

玉葉妃也行了一禮，就跟睡在搖籃裡的公主一同離開了房間。

貓貓正要收拾麵包盤子時，背後傳來一股甜香。

「有勞妳了，多謝。」

她聽見香甜蜂蜜般的聲音。

對方撩起貓貓的頭髮，某個冰涼的東西碰到了脖子。

回頭一看，壬氏揮揮手走出了房間。

「原來如此。」

低頭看看盤子，裡面少了一塊麵包。

貓貓猜得到小偷是誰。

「只希望不要有人遭殃。」

貓貓事不關己地喃喃自語。

夜晚還很漫長。

十話　幽魂作祟　上篇

服侍寵妃玉葉的侍女之一櫻花，今天依然誠心誠意地在當差。

日前她犯了錯，在工作時間打了瞌睡，不過主子玉葉妃完全沒怪罪下來。

既然如此，自己只能做牛做馬以報主恩。於是她從窗櫺到欄杆，每根木頭都仔仔細細擦過一遍。

這本來並非侍女的差事，即使如此，櫻花仍然願意充當下女。因為玉葉妃說過她喜歡做事勤快的人。

玉葉妃以及櫻花她們的故鄉在西域。在那氣候乾燥的地區，沒有什麼重要的資源，而且經常久旱不雨。櫻花她們幾名侍女本是官家小姐，但從沒有過過一天奢侈日子。她們的故鄉土地貧瘠，不做事就得餓肚子。

在這當中，由於玉葉妃入宮，故鄉因此受到中央的注目。妃子越是受寵，中央官員就越是不能輕忽妃子的故鄉。玉葉妃是聰慧的女子，但不是只會受人憐愛的美麗嬪妃。而櫻花進入後宮，早已決定跟定了這位妃子。

她覺得為了填補那些請辭離去的侍女空缺，留下的人必須更加賣力。

櫻花打算整理廚房的茶具，一走進去，就看到新進侍女正在製作某種東西。新進侍女名叫貓貓，很少主動說話，因此櫻花不太了解她的為人。

既然意外地認生的玉葉妃找來這名侍女，人品想必不會太差。

櫻花後來反而還發現，她是個可憐人。

手臂上有受過虐待的疤痕，而且被迫賣身為奴，現在又聽說她是受僱來專門試毒的，讓櫻花實在無以自容。

櫻花想讓她消瘦的身子骨吃胖點，幫她加飯添菜，又不讓她打掃以免露出傷疤。另外兩名侍女似乎也是相同想法，結果使得貓貓幾乎無事可做。

櫻花覺得這樣無妨。差事有她們做就夠了。

侍女長紅娘認為這樣說不過去，所以將洗衣差事分配給了貓貓。洗衣其實就只是搬籠子，所以傷疤不會太顯眼。其他好像還吩咐她做一些雜務。

運送待洗衣物本來並非侍女的差事，而是大通鋪的下女在做的。然而以前曾經發生過玉葉妃的衣裳刺有毒針的事情，於是現在都是櫻花她們在做。

她們之所以代行下女的差事，也是因為這些原因。此處是後宮，四面都是敵人。

「妳在做什麼？」

貓貓在用鍋子煮類似雜草的植物。

「是感冒藥。」

她講話總是極力只講重點。只要想到可能是虐待造成的後遺症，害得她不善與人來往，就讓櫻花不禁落淚。

貓貓在藥物方面造詣極深，有時會像這樣調配藥方。她總是會收拾乾淨，而且上次送給櫻花的治皸裂藥非常有用，所以櫻花毫無怨言。紅娘好像偶爾也會請她調藥。

櫻花取出銀製茶具，用乾布仔細擦亮。

貓貓雖然不太愛說話，但是會適度地答腔，所以聊起來滿有意思的。

櫻花講起了最近蔚為話題的鬼怪傳聞。

是關於一個飄在空中的白衣女子。

○●○

貓貓拿起做好的感冒藥與洗衣籃，前往尚藥局。

因為畢竟是藥，就算只是做個形式，也得請醫官下判斷。

（差不多是這一個月發生的事吧？）

想起那段老生常談的鬼怪傳聞，貓貓偏著頭。

在來到翡翠宮之前，貓貓沒聽說過這段傳聞。由於小蘭總會什麼傳聞都跑來告訴她，因此她知道這是最近才傳出的事。

後宮有宮牆圍繞著。只有四方大門可供進出，圍牆外還挖了深溝，不可能脫逃或入侵。大家說深溝底下如今仍躺著試圖溜出後宮的妃子。

（城門附近啊……）

那附近沒有建物，應該是一片廣大的松林。

（記得是從夏末開始吧。）

此時正值某種東西的採收期。

貓貓正在動歪腦筋時，好像專挑這個時候似的，傳來一個討厭的聲音。

「當差辛苦了。」

看到如牡丹般絢爛的笑靨，貓貓繼續面無表情。

「不，只是些輕鬆事務。」

尚藥局位於南側中央門的旁邊，掌管後宮的三部門也將居室設於此處。

壬氏常常在那裡出沒。

既然是宦官就應該待在內侍省，然而這個男的不屬於任何一個機構，反而是監視般觀察著每一處。

（地位比宮官長還大啊。）

就可能性而言，或許他的立場如同當今皇上的太傅，但看似二十來頭的青年不太可能居如此高位。就算是太傅的兒子好了，那也沒必要特地成為宦官。

此人與玉葉妃走得近，也有可能其實是娘娘的輔佐人，或者根本就是……

（皇帝的妾室嗎？）

臨幸之際，看皇上與玉葉妃如膠似漆，應該屬於正道（直男），不過人不可貌相。

貓貓懶得想這麼多，決定就把他當成皇帝的男妾，這樣比較輕鬆。

「看妳的表情，怎麼好像在想什麼極其失禮的事？」

壬氏瞇起眼睛看著貓貓。

「恐怕是總管多疑了。」

貓貓行過一禮後轉身走進醫局，只見八字鬍庸醫拿著乳缽咭吱咯吱地磨著東西。以這個醫官來說，貓貓知道他不是在磨藥，只是在打發時間罷了。

要不然，自己也不用屢屢把做好的藥帶過來了。這個醫官似乎只知道最基礎的藥方。

畢竟後宮屬於特殊環境，醫官似乎也人才缺乏。女人當不上醫官，而如果當得了醫官，誰也不會沒事去自宮。

庸醫起初似乎把貓貓當成一個莫名其妙的小丫頭，然而看到貓貓調製的藥品後，態度也就漸漸軟化了。

現在他甚至變得會端出茶點，或是分貓貓一些需要的藥材，不過以尚藥局來說，這樣做並不是很妥當。

總覺得這裡好像不太講究守密義務之類的。

（這樣到底要不要緊啊？）

貓貓雖如此想，但無意提出忠告。因為這樣貓貓行事比較方便。

「可否請太醫看看這帖藥？」

「哦，是小姑娘啊。妳等等。」

醫官準備了茶點與雜茶。不是甜包子之類的，而是煎餅。

這讓喜歡鹹點心的貓貓很高興。看來醫官記得了她的口味。

貓貓總覺得最近很多人拿吃的釣她，不過她並不放在心上。

醫官雖是庸醫，但人很好。屬於為人善良但不會做事的那一型。

「有勞太醫也給我上一份。」

背後傳來甜美婀娜的嗓音。

不用回頭也感覺得到，有某種閃亮動人的空氣瀰漫四周。來者是誰自不待言。

正是壬氏。

庸醫面帶吃驚與興奮的表情，把原本準備好的煎餅與雜茶，換成了白茶與月餅。

（煎餅……）

燦爛的笑容坐在貓貓身旁。

貓貓以身分高低為由拒絕同席，但對方硬是壓著她的肩膀坐下。

一反看似溫柔的外貌，這種蠻橫的行徑讓貓貓厭煩透頂。

「太醫，抱歉，可以請你到裡面去替我拿這些來嗎？」

壬氏將一張紙片交給庸醫。

遠遠就能看到紙上寫了密密麻麻一堆藥名。想必能爭取到不少時間。

庸醫瞇細眼睛後，帶著遺憾的眼神進到裡間去了。

（我看他從一開始就是這個打算吧。）

「總管所為何來？」

善於猜測的貓貓，一邊晃動著茶杯一邊問道。

「妳知道那件鬼怪傳聞嗎？」

「只有耳聞。」

「那麼，妳知道何謂夢遊症嗎？」

壬氏沒漏看貓貓的眼角閃出一道光芒。
天女嗤嗤笑著，笑意中夾雜著壞心眼。
寬闊的手掌撫摸著貓貓的臉頰。
「這種病如何醫治？」
壬氏用甜膩膩水果酒般的聲音詢問。
「小女子不知。」
貓貓的回答既不自卑，也不多嘴多舌。
她知道那是什麼樣的病，也見過患者。
以結論來說，她只能如此回答：
「此種疾病並非藥石可以醫治。」
此乃心病。
當青樓的煙花女罹患此種疾病時，阿爹沒有開任何處方。
因為這不是用藥物能治好的。
「妳說藥石不能醫治，那麼……」
用什麼才能治好？他問。
「小女子只懂調藥。」

貓貓自認為講得很清楚了，然而偷瞄身旁一眼，卻看到神仙中人含憂的面容。

（不可以跟他目光對上。）

貓貓用對付野生動物的方式，別開目光不去看青年。但對方不准。青年繞到貓貓前面，跟她面對面。

真是陰魂不散，煩不勝煩。

貓貓拗不過他。

「……小女子會盡力。」

貓貓一邊擺出不勝其煩的表情一邊回答。

半夜，宦官高順來接貓貓。他們要去看看罹患那種疾病的人。

此人沉默寡言又面無表情，或許顯得很難親近，但這點反倒讓貓貓產生親近感。要搭配甜膩的食物，醬菜最宜。所以高順最適合用來搭配壬氏。

（這人不太像宦官呢。）

宦官由於物理性去除了陽氣，因此常變得具有女性氣質。體毛較稀疏，個性較圓融，且因為食慾取代性慾而容易發福。

最明白的例子就是庸醫。庸醫看起來像個大叔，但跟他講話，有時會以為自己是跟個有

教養的商家夫人在一起。

至於高順，體毛雖然不濃密，但體格精悍，若不是待在後宮這種地方，想必會被人錯當成武官。

（怎麼會選擇這條路呢？）

貓貓雖然好奇，但知道這種事問不得。她默默搖了搖頭。

高順一手提著燈籠帶路。

月亮雖只有半月大，但因為沒有雲層，月色皎潔。

貓貓只看過白晝的後宮，夜裡看起來，景象截然不同。

不時會傳來窸窣聲，或是從樹叢中傳來類似喘氣的聲音，不過貓貓決定當作沒聽見。

宮中由於除了皇帝之外沒有像樣的男子，所以情愛的形態有些奇異也是無可厚非。

「貓貓小姑娘。」

高順找貓貓說話。貓貓被人稱呼為小姑娘，感到很不自在。

「請別如此多禮。高侍衛的位階比小女子高多了。」

貓貓老實地說，高順聽了摸摸下巴，偏頭思索了一下。

「那就叫小貓。」

（忽然就叫起小什麼的來了？）

原來這個大叔個性還挺輕浮的。貓貓一邊做如此想，一邊點了點頭。

「可以請妳不要用看毛蟲的眼神看壬總管嗎？」

（果然被發現了。）

看來最近這陣子，貓貓的臉部肌肉反應得太明顯，臉皮再厚也藏不起來。

貓貓認為目前還不至於丟掉腦袋，但還是得自制些。畢竟對那些大人物而言，貓貓才是蟲豸。

「今日也是，我一回去，總管就告訴我『有人用看蛞蝓的眼神看我』……」

（我的確覺得他愛黏人很噁心。）

什麼芝麻蒜皮小事都要跟人報告，也是一種黏人的行為。一點男子氣概都沒有……不對，他已經不是男人了。

「總管渾身顫抖，用水汪汪的眼睛對我微笑。那就是所謂的自我歡愉吧。」

高順用只會引人誤會的字眼，正兒八經地回答了貓貓。

不如說快從蟲豸降級為穢物了。

「……小女子今後會注意。」

「是的，對於不具免疫力的人，光看一眼就可能會昏死過去，處理起來很辛苦的。」

深沉的嘆氣中流露出疲倦。高順大概常常這樣負責善後吧。擁有美得過火的長官，要吃的苦也多。

講著讓人疲憊不堪的話，不知不覺就到了東側宮門。

宮牆約有貓貓個頭的四倍高。外側有深溝，在運送糧食與物資等等，或是有時需要替換下女時，會放下吊橋。

在後宮，逃跑是要判處極刑的。

宮門隨時有衛兵把守。內側兩名宦官，外側兩名武官。門扉採雙重構造，外側與內側各有設置哨站。

放下或拉起吊橋時光靠人力不足以應付，所以養了兩頭牛。

貓貓產生一種想去附近松林找某種東西的衝動，但高順在旁邊所以不可能如願；兩人到庭園的涼亭坐下。

在這當中，那個以半月為背景出現了。

「就是那個。」

貓貓看向高順手指著的方向。那裡有個令人無法置信的東西——

是個於空中起舞的女子白影。

白影身著長衣與披帛，腳步猶如婆娑起舞，立於宮牆之上。

衣裳搖曳生姿，披帛像有生命般游動。黑色長髮在夜色中迎著月光，勾勒出朦朧的輪廓。

美得不像人世間所有。

如夢似幻的光景，令人以為誤入了桃源鄉。

「月下芙蓉。」

無意間，這四個字閃過貓貓的腦海。

高順神色一驚，接著輕聲低語：

「真是明察秋毫。」

女子名為「芙蓉」，為中級妃子。

下個月就要作為褒賞，賞賜給官員了。

十一話　幽魂作祟　下篇

夢遊症是一種怪異的病症，明明睡著了，卻彷彿醒著一般活動。要追究病因的話，只能說是內心壓力問題，煎煮再多草藥也沒用。沒有一種藥能治好心病。

某個青樓女子曾經患過這種病。

那是個性情快活，長於詩歌的女子，有人提出要為她贖身。

然而，這件事後來告吹了。因為她就好像被鬼魅附身一般，每晚都在青樓裡東轉西晃。壞傳聞總是會受到渲染。老鴇試圖攔阻到處走動的娼妓，結果被她用指甲掐掉了一塊肉。

翌日，青樓之人都來逼問她為何有那種可疑行徑，然而娼妓口氣快活地如此言道：

「哎呀，妳們大家是怎麼了？」

她毫無記憶，赤足上卻有著泥巴與擦傷。

○●○

「後來怎麼樣了？」

起居室裡有壬氏、貓貓與高順，還有玉葉妃也在。公主交給紅娘照顧了。

「沒有怎樣。因為贖身的事一取消，她就不再四處徘徊了。」

貓貓冷淡地說。

「也就是說，她不想讓人贖身了？」

玉葉妃偏著頭說。貓貓點點頭。

「恐怕是的。對方雖是大店老闆，可是不但已有妻兒，連孫子都有了。況且她只要再工作一年，就能重獲自由了。」

與其讓不喜歡的人贖身，倒不如忍耐著再賣笑一年。結果那名青樓女不再有人贖身，就這樣重獲自由了。

「很多病人是在情緒極度亢奮後才開始夜遊，所以小女子會調配具鎮靜效果的香料或藥品，不過只能達到安慰效果。」

一直都是貓貓代替阿爹在調配這些物品。

「是嗎——」

壬氏興趣缺缺地以手托著臉頰。

「真的就這樣？」

「就這樣。」

碰上死纏爛打的視線，貓貓克制著不露出侮蔑的表情。

身旁的高順在默默鼓勵她。

「那麼小女子還有事在身，失陪了。」

貓貓行過一禮，就走出了房間。

時間稍微往前追溯。

瞻仰過幽魂的尊容後，貓貓前往東側，去找最愛聊天的姑娘小蘭。

小蘭一見著貓貓，就想追根究柢問出玉葉妃的事情，於是貓貓提供她一些無傷大雅的消息作為代價，問出了幽魂作祟的事情始末。

幽魂是從半個月前開始出沒的，據說最早是在北側被人發現。

後來很快地，在東側也有人目睹，而且每晚都能看見。

衛兵被鬼故事嚇壞了，對此事視若無睹。

由於目前還沒危害到誰，所以誰都不去想辦法處理。

後宮有深溝又有高牆，固若金湯，讓衛兵產生了怠惰心態。

真是些飯桶警衛。

接著貓貓前往庸醫那邊。

毫無守密義務概念的男子，連貓貓沒問的事都自己說了出來。

他提到最近芙蓉公主顯得無精打采。

此位妃嬪是一蕞爾屬國的第三公主，頭銜為公主，卻當不了上級妃子。

她住在北側樓房，以舞蹈自娛，但個性膽怯而容易緊張，在謁見皇帝時犯了錯。由於其他妃嬪都拿這點笑她，於是這位容易受傷的嬪御就躲在屋裡不出來了。

雖然善於舞蹈，但容貌並不特別出眾，據說入宮兩年，至今仍未受皇帝寵幸。

聽說日後將賞賜給青梅竹馬的武官，只希望她能就此獲得幸福。

（原來如此啊。）

貓貓腦中建構出了一套推論。

不過還不出推測的範圍，似乎不適合說出來。

（畢竟阿爹說過，不可以用推測當作說話憑據。）

所以貓貓決定不說。

乖巧而膚色白皙的嬪御滿面紅霞，穿過了中央門。

即使相貌並不出眾，幸福洋溢的開朗面容仍讓眾人讚嘆不已。

豔羨的眼光集中於中央門。

若要被賞賜給官員，願能有此福分。現場呈現著這樣的景象。

「我又不是外人，就告訴我也不會怎麼樣吧？」

玉葉妃面露嬌豔的笑容。她雖為一兒之母，實際年齡卻還不滿二十。臉上浮現著些許淘氣的笑意。

貓貓思索了一瞬間。

（該如何是好？）

貓貓不敵玉葉妃直勾勾的視線，無奈地嘆了口氣。

「這只是小女子的推測。而且怕娘娘聽了心裡不舒服。」

「是我自己要問的，不會自己愛生氣。」

（嗯——）

看來是非講不可了。貓貓把心一橫。

「還請娘娘保證不會張揚出去。」

「我口風很緊的。」

聽起來有點不莊重，不過貓貓決定就相信她這句話。

貓貓說起了青樓一名夢遊病患的事。

不是日前在壬氏等人面前提起的那事，而是另一名夢遊患者的故事。

這名患者就如同之前那名青樓女子，在有人提出贖身時患病，然後好事告吹。到目前為止都還一樣。

然而後來，那名青樓女子依舊繼續夢遊，即使貓貓照上次做法開給她香料或藥品，卻連安慰的效果也沒有。

這時又有別人表示要為這名青樓女子贖身。樓主本來不忍心讓客人為病人贖身，但對方仍然一意孤行。樓主不得已，就用上回贖身的一半銀錢立了契。

「後來才知道，原來這是詐欺。」

「詐欺？」

之前表示有意贖身的男子，原來與後來提出贖身的男子是朋友。是知道青樓女子裝病，故意取消贖身。然後再由真正想贖身的男子以半價成事。

「那名青樓女子距離期滿還有很長的時日，而男子的銀錢也不夠為她贖身。」

「換句話說，芙蓉公主就像那些青樓女子一樣？」

青梅竹馬的武官身分低微，即使只是屬國，也無法向一國的公主求婚。

因此他矢志立下汗馬功勞，期待有一天能迎娶公主。

然而公主卻在政治手段下被送入後宮。愛慕武官的公主，故意在最擅長的舞蹈上出錯，讓皇帝冷落自己。她躲在房裡，藏形匿影地度過後宮生活。

一如計畫，兩年之間不曾侍寢，公主仍是清白之身。

當武官多次立下戰功，下次立功就能獲賜芙蓉公主時，公主開始無故夜遊。

以免有個差錯，讓皇帝捨不得放手，將芙蓉公主變成妾室。

壞心眼的權貴經常如此。一想到將落入他人之手，什麼都開始捨不得。

一旦受過寵幸，一時之間就不會賜與官員。況且對於重視己身清白的芙蓉公主而言，只要一度侍寢，恐怕就再也無顏面對青梅竹馬了。

之所以在東門起舞，或許也是在祈望青梅竹馬平安歸來。

「純粹只是推測。」

貓貓平淡地說。

「該怎麼說呢？依皇上的性子，也不是沒這可能性，我不好說什麼。」

皇帝寵妃表情有點無奈。

難保好色的皇帝不會對武官如此鍾情的公主感興趣。皇帝數日才臨幸一次玉葉妃，不來的日子有時是忙於公務，但也不只如此。多產也是皇帝的義務。

「如果我說羨慕芙蓉公主，會不會成了惡婦？」

貓貓搖頭否定此言。

「不會的。」

貓貓認為自己的推論合情合理，但無意告訴壬氏。

因為這樣那兩人才會真正幸福。有些事情還是別知道比較好。

她想保住那柔和純樸的笑靨。

問題看似都解決了，然而……

其實還有一個謎題未解。

「她是如何爬上去的？」

貓貓仰望有自己個頭四倍高的牆壁，百思不得其解。

貓貓看著高大的圍牆頂端，決定找個機會調查。

那晚的芙蓉公主清秀美麗，宛如連環畫裡的主角，甚至不敢相信與那純樸的公主是同一人物。

如果說女為悅己者容，戀慕之情能成為何種藥方？貓貓想著這些無稽之事，回翡翠宮去了。

十二話　恫喝

匡啷。某些東西掉在地上發出了聲響。

芋頭雜糧粥、茶與水果泥灑了一地。貓貓一身衣服弄得滿是粥水，抬頭看著眼前的人。

「妳想讓梨花娘娘吃這種下賤的粗食？去命人重做一份。」

濃妝豔抹的年輕宮女橫眉豎目。她是梨花妃的貼身侍女。

（唉——麻煩死了。）

貓貓邊嘆氣邊撿起盤子，清理灑在地上的食物。

貓貓此時人在水晶宮，也就是梨花妃的住處。

周圍有好幾雙瞪人的視線。

嘲笑的目光、輕蔑的目光、顯露敵意的目光。

此處對於服侍玉葉妃的貓貓而言如同敵營，令她如坐針氈。

皇帝昨晚親臨了玉葉妃的居室。

貓貓一如平常試過了毒，正要離開房間時……

「朕有一事想拜託傳聞中的藥師姑娘。」

她初次受到皇帝的呼喚。

（哪門子的傳聞啊。）

皇帝雖是位偉丈夫且蓄著美髯，不過年歲還在三十五上下。正值壯年又握有國家的最高權力，也難怪後宮女子虎視眈眈了，但貓貓畢竟是貓貓，心中想法只有「好長的鬍子啊，真想摸摸看」而已。

「皇上有何吩咐？」

貓貓必恭必敬地低頭候命。以她性命輕如鴻毛的身分來說，實在很想在有任何閃失之前退出房間。

「梨花妃身體欠安，妳這陣子能去看看她嗎？」

皇帝如此說道。

皇上之言就是聖旨。

還不希望身首異處的貓貓只能回答「遵旨」。

「看看她」的意思就是「治好她」。

雖說已然失寵，不過可能還有幾分情意在，也可能是不能怠慢了位高權重者之女，反正怎樣都好。

要是治不好，腦袋可能就要搬家了。

如今是休戚與共。

竟然吩咐貓貓一個小丫頭處理這事，不知道是後宮醫官太不可靠，還是死了也不成問題？無論是何種原因，這樣叫人做事真是不負責任。只能說聖上如此請託實在太找麻煩。

（話說回來，何必要在其他妃子面前提起呢？）

皇上託付貓貓此事之後，還能悠然自得地吃消夜，跟玉葉妃巫山雲雨一番，讓貓貓由衷覺得皇帝這種生物就是不一樣。

貓貓要診治梨花妃，首先從改善飲食生活做起。

目前毒白粉在壬氏的一句話下，已經禁止後宮人員使用。據說假如有業者來兜售，將會受到重罰，絕無寬貸。今後再也沒人可以買到。

既然這樣，當務之急就是排出體內殘留的毒素。

膳食雖然輔以白粥，但菜色盡是些燴魚、燉五花肉、紅白包子、魚翅或螃蟹等珍饈佳餚。營養歸營養，只是腸胃虛弱的病人難以消化吸收。

貓貓一邊克制著不流口水，一邊命令御廚重做。由於是皇帝敕令，因此貓貓一個小小侍女也暫時擁有不小的權限。

富含纖維質的粥品，搭配具有利尿作用的茶，以及易於消化的水果。

很遺憾地，這些方才全被潑到了地上。在煙花巷長大的貓貓，無法相信有人竟然如此暴殄天物。

對於水晶宮的侍女而言，姑且不論什麼敕令，大概是看到服侍玉葉妃的醜丫鬟就不高興吧。

貓貓有很多話想說，但她忍氣吞聲清理地面。

別的侍女端著美饌佳餚送到梨花妃的跟前，不過一會兒後，就幾乎原封不動地送了出來。剩下的大概會賞給一些婢女吧。

貓貓很想為梨花妃進行觸診，然而侍女賴在華蓋床周圍不走，恭敬有禮但毫無助益地照料病人。替臥病在床的人撲白粉，當然會讓人咳嗽了。侍女卻說：

「空氣真糟，都是因為有下賤之人待在這裡。」

就把貓貓攆了出去。她一籌莫展。

（再這樣下去，她遲早會衰弱而死。）

不知道是毒素累積過多來不及排出，還是氣力不足。

總之人不吃不喝就會死。大概是喪失了活下去的力氣吧。

貓貓靠著房間前的牆壁，正在彎著手指數自己還能保住幾天腦袋時，聽見周圍傳來嬌滴滴的說話聲。

她有種非常不好的預感，非常勉為其難地抬起臉來，只見一張非常標緻的臉蛋開懷地笑著。

就是那位美如冠玉的宦官大爺。

「妳似乎遇到困難了啊。」

「看起來像嗎？」

貓貓不帶感情，冷眼回答。

「看起來像啊。」

來者目不轉睛地盯著貓貓瞧，令她漸漸別開了視線。那雙長睫毛又追著靠近過來。一旦四目交接，貓貓想必會在直覺反應下把他當成穢物看待。

「那個臭丫頭是什麼人？」

她聽到有人悄聲咒罵。是那個端走膳食的侍女。

貓貓感到嚴重地坐立難安。周圍傳來一種嚇人的氛圍。

女人的嫉妒是如此可怕，壬氏卻在她耳邊用蜜糖般的聲音呢喃。

「總之先進去吧。」

貓貓還沒點頭，就被硬推進了房裡。

甫一進去，房間裡那些跟班立刻用比方才更凶惡的嘴臉瞪著貓貓。

然而看到身旁天女的模樣，臉上隨即浮現淡淡笑容做掩飾。

女人真是種可怕的生物。

「藐視皇上的裁奪，可不是美貌才女該有的行為喔。」

侍女聽了壬氏所言，一面咬著嘴唇，一面慢慢從床前退下。

「好了，去吧。」

被壬氏從背後推一把，貓貓向前踉蹌了一下。

貓貓行過一禮後站到床前，執起梨花妃血管浮出，不帶血色的手。

雖然沒有調藥那般嫻熟，不過貓貓也有些許行醫的經驗。

梨花妃閉著眼睛，不做任何抵抗。連是睡著還是醒著都看不出來。就像半個靈魂已經飄往了陰間。

貓貓為了察看眼皮內側，將手指伸到娘娘臉上。

手指感覺到光滑細緻的觸感。

娘娘的肌膚一如從前，淨白如雪。

（肌膚顏色跟以前一樣？）

貓貓表情變得僵硬，轉身面對那些侍女。

她站到其中一人面前，用低沉，彷彿壓抑著脾氣的聲音問道。這人就是剛才為娘娘撲粉的女子。

「是妳在為娘娘理妝嗎？」

「是啊，就是我。這是侍女的職責。」

被貓貓凝目注視著，侍女有些畏怯地回答。看得出來她竭盡所能地在虛張聲勢。

「因為我希望梨花娘娘能永保青春美麗。」

侍女用鼻子哼了一聲，就像在說自己站得住腳。

「是嗎？」

清脆的「啪」一聲響徹整個房間。

侍女搞不清楚發生了什麼事，就摔向了施力的方向。

她的臉頰與耳朵想必變得熱辣辣的。

貓貓甩了甩右手手掌。如同侍女的左臉頰在發燙，貓貓的手掌也發燙起來。因為她狠狠甩了對方一耳光。

「妳做什麼！」

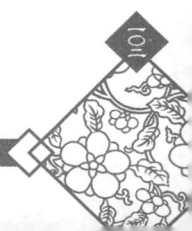

旁人都嚇得呆了，只有一名侍女跟貓貓興師問罪。

「怎樣？我只不過是在懲罰一個蠢婦罷了。」

貓貓用目中無人的口氣說道，一把抓住倒地侍女的頭髮，拖著她走。「好痛，好痛！」侍女嚷著，但貓貓不予理會。

貓貓在妝臺前停下，用空著的手拿起精雕細琢的容器。

她打開蓋子，把裡面的東西灑在侍女身上。白色粉末飄得到處都是，讓人咳嗽不止。侍女眼中浮現出淚珠。

「真是太好了呢，這下妳就能跟娘娘一樣漂亮了。」

貓貓把侍女的頭髮往上拉，臉上浮現野獸狩獵時的獰笑。

「這毒性可是會從毛孔，從嘴巴，從鼻子擴散到全身的。這下妳也能跟仰慕的梨花娘娘一樣，擁有枯枝般的雙手，凹陷的眼窩與毫無血色的肌膚了。」

「怎……怎麼會……」

侍女滿身粉末地說了。

「妳知不知道這為什麼不准用啊，告訴過妳有毒了！」

貓貓怒髮衝冠。不是為了這些人用侮蔑的目光看她，也不是因為端來的粥被打翻，而是氣這些愚笨的侍女不用大腦，自以為是。

「因……因為這種白粉最美，我以為梨花娘娘也會喜歡。」

貓貓把灑在地板上的白粉抹在另一隻手上，用這隻手抓住侍女的下巴，歪唇說了：

「誰會喜歡害死了自己孩子的毒藥啊？」

聽到這種幼稚的藉口，貓貓啐了一聲後放開侍女的頭髮與下巴。指間纏上了幾根長髮。

「還不快去漱口，把臉也洗洗。」

貓貓看著邊哭邊逃之夭夭的宮女離開房間後，這次眼睛轉向其他害怕的侍女。

「喂，這樣到處都是白粉，會危害到病人的，快給我打掃乾淨。」

貓貓不說是自己弄髒的，只管指著灑滿粉末的地板。侍女嚇得身子一震後，就去拿清掃用具了。貓貓雙臂抱胸，用鼻子哼了一聲。雖然衣服沾到了白粉，但是就隨它去吧。

在這當中，只有一人保持冷靜。

「女人真可怕。」

壬氏雙手插在袖內，輕聲低語。

貓貓根本忘了有這個人在。

「啊！」

貓貓感覺到自己急速變得面無血色，當場蹲了下去。

這下搞砸了。

十三話　照料病人

梨花妃的病情比想像中更嚴重。

貓貓將雜糧粥重煮成米湯，但病人不肯就著調羹吸粥。貓貓強行掰開她的嘴讓她喝下，幫助她慢慢吞嚥，就這樣重複數次。現在計較什麼失不失禮也無濟於事。

不進食是最大的問題。如同有句話說醫食同源，不吃飯是治不好病的。

貓貓耐著性子，不厭其煩地餵她進食。

替房間換氣後，嗆鼻的香氣淡去，換成了病人特有的體味。

大概是為了掩蓋體臭而焚了香吧。娘娘似乎已經多日沒有入浴。這些無能的侍女讓貓貓氣上加氣。

聽說受過貓貓處罰的侍女被罰禁閉了。白粉是她之前買下，偷偷藏了起來的。可憐的是沒回收到白粉的宦官被罰鞭刑。就連刑罰都會受到家世所左右。

貓貓帶著侮蔑之意瞪著管事的宦官，意思是罵他沒用，不過似乎沒起多大作用，誰教他是位擁有特殊癖好的貴人。

貓貓命人準備熱水桶與布，跟喚來的侍女一同為梨花妃擦澡。侍女本來面有難色，但被貓貓一瞪就乖乖聽話了。

梨花妃肌膚乾燥，水都被皮膚吸了進去，嘴唇乾裂到讓人心痛。貓貓用蜂蜜代替胭脂塗在唇上，並幫她簡單地綁一下頭髮。

再來就是勤快地餵她喝茶，並且不時給予稀薄的羹湯代替茶水，好讓她攝取鹽分。

貓貓增加她小解的次數，助其排出體內毒素。

本來以為娘娘會對可疑的新進人員表示敵意，然而梨花妃就像個人偶，大致上都任憑貓貓照料。她那飄渺的雙眼可能根本認不出任何人。

等到每次食用的米湯份量從半盞茶碗增加到一盞後，貓貓慢慢增加湯裡的米粒數量。當娘娘不用讓人按著下巴就能自行吞嚥時，貓貓在飲食中添加了加肉熬出味道的湯水與水果泥。

到了不用他人幫忙就能自己小解的時候，梨花妃忽然啟唇了。

「……麼……了。」

貓貓為了聽清梨花妃的喃喃細語，站到她的身旁。

「為什麼不讓我就那樣死了算了。」

她的聲音小到幾不可聞。

貓貓皺起眉頭。

「想尋死的話，不進食就行了。娘娘願意吃粥，就表示娘娘無意求死。」

說完，貓貓讓梨花妃啜飲熱過的茶。

梨花妃咕嘟嚥下後說：

「原來如此……」

她嘶啞地笑了一聲。

侍女對貓貓有兩種反應。

有些人怕貓貓，有些人怕歸怕，但還是和她作對。

（可能做得太過火了。）

貓貓只要情緒超過沸點，似乎就會做出過於激烈的反應。她覺得這是種壞習慣。而且也會講出些沒教養的話來。

貓貓向來以不愛理人但性情還算溫厚著稱，現在被別人敬而遠之，用一種看到惡鬼或妖怪的眼神看她，讓她還真有點受傷。

以這次情況來說，那是為了照料梨花妃，就當作出於無奈吧。

不知是皇上還是玉葉妃有令，明眸皓齒的壬總管變得常常前來關照。貓貓決定能利用的東西就要利用，於是請他命人在水晶宮臨時趕造浴室。除了原本就有的浴池，現在還能洗蒸氣浴。

貓貓盡量委婉地告訴壬氏「沒事就不用再來了」，但壬氏動不動就喜歡來取笑把自己視為妖孽的貓貓。

真是個吃飽沒事做的宦官。

多希望他能向每次都帶糕餅來的高順學著點。

大概要像他那樣做事勤懇的人才能當個好夫君吧，雖然是宦官。

貓貓讓病人攝取纖維質、多喝水、促進排汗與排泄。

她一心一意幫助病人身體排毒，過了兩個月後，梨花妃已恢復到可以自行外出散步了。

原本梨花妃最嚴重的病因，就是心病造成身體衰弱。只要不繼續攝取毒素，貓貓判斷不會有問題。

雖然要恢復往昔的豐滿玉體還需要時間，但臉頰已經恢復紅潤，不會再徘徊於生死邊緣了。

貓貓在返回翡翠宮的前一晚，前去向梨花妃告辭。

她原以為梨花妃一旦意識恢復清晰，就會罵自己是賤人什麼的，但娘娘並沒有說什麼。

梨花妃自尊心強，但並不盛氣凌人。發生過東宮太子那些事情，貓貓本來將她想像成一個討厭的大小姐，看來其實具備了嬪妃應有的品格。

「那麼，小女子一早就告退。」

貓貓囑咐過今後的膳食療法與幾個注意事項後，正打算離開房間時……

「我問妳，我以後是不是沒指望生子了？」

梨花妃說了。

語氣毫無感情起伏。

「小女子不知。竊以為娘娘可以試試。」

「我都已經不得寵了，何從試起？」

貓貓不是不明白她想說什麼。

她之前懷得了東宮，是因為能趁著寵妃玉葉妃休息的空檔侍寢。

公主與東宮隔三個月出生，恰好證明了這一點。

「是皇上命小女子來此的。待回去之後，皇上應該也會再來探望梨花娘娘才是。」

無論是出於政治還是感情因素都無所謂。

要做的事都一樣。後宮制度如此，無關乎兒女情愛。

「不聽玉葉妃的勸，平白害死了親骨肉的女人，能贏得過她嗎？」

「竊以為這並非勝負問題。況且知錯能改，善莫大焉。」

貓貓拿起掛在牆上的小花瓶。瓶裡插著綻放星形花朵的桔梗。

「世上百花爭妍，但我認為牡丹與菖蒲何者為美，不是能夠一概而論的。」

「但我沒有她那翡翠般的眼眸與淡色的雲鬢。」

「娘娘有其他長處，何須比較。」

貓貓說著，視線從梨花妃的容顏往下移動。

一般都認為消瘦時會從這裡瘦起，然而娘娘的頸項底下，仍然好端端地結著兩顆哈密瓜。

「大小壓倒群雌自不待言，我想彈力與形狀也都豔冠群芳。」

在青樓見識過無數美女的貓貓都這麼說了，錯不了。貓貓每次為她洗澡總是看得心神蕩漾，不過這是祕密。

站在服侍玉葉妃的立場，貓貓不便過度替她撐腰，但決定留下一份臨行禮。

「可以請娘娘將耳朵湊過來嗎？」

貓貓嘀嘀咕咕的不讓旁人聽見，將某件事傳授給梨花妃。

這是妓院的小姐們說過「學起來不吃虧」的獨門絕活。很遺憾地，貓貓不具有足以運用的兩顆碩果。只有梨花妃才適合運用這項絕活。

梨花妃不知是聽見了什麼，據說臉紅得像顆蘋果，此事短期內在侍女之間蔚為話題，不過貓貓並不在乎。

後來有一段時期，皇上變得極少臨幸翡翠宮。

「呼，總算能睡幾天好覺了。」

玉葉妃話中帶刺地說，聽得貓貓目光四處游移，但這又是另一段故事了。

十四話　火焰

（果然有。）

貓貓一手拿著洗衣籃，面露喜色。

東門旁的松林生長著赤松。

在後宮內，庭園大致上來說管理得很周到。每年也會有人替松林除去枯葉或枯枝。經過細心照料的松林，能夠促進某種蕈類的成長。

在貓貓手裡的，是蕈傘只有小幅張開的松茸。

儘管也有人厭惡此種香氣，但貓貓很喜歡，將這種蕈類撕成四片用鐵網烘烤，灑上鹽與柑橘汁享用，人生樂事莫過於此。

雖然是座小樹林，不過貓貓幸運找到叢生處，籃子裡裝了五朵松茸。

（要到老叔那兒去吃，還是去廚房吃？）

如果到翡翠宮吃，可能會被追問食材的來源。到林子裡採松茸，可能不是一介宮女該做出的行為。

因此，貓貓去找人好醫術差的老好人醫官。如果他愛吃很好，不愛吃應該也會放貓貓一馬。貓貓已經跟八字鬍庸醫有了交情。

半路上，貓貓還不忘順道去看看小蘭。貓貓朋友少，小蘭是她寶貴的消息來源。

貓貓為了照顧患病的梨花妃而瘦了不少，一回翡翠宮就被前輩侍女養胖。待在勁敵妃子那邊長達兩個月，大家仍然這麼熱心讓貓貓很高興，但同時也很傷腦筋，每次茶會都送給她的點心也擺在籃子裡吃不完。

再多甜食都吃得下的小蘭兩眼發亮，在短暫的休息時間當中一直跟貓貓講話。

兩人坐在洗衣場後邊的木桶上閒聊。

雖然還是老樣子，多半是些空穴來風的鬼怪故事，然而……

「宮中宮女使用春藥，成功色誘了不近女色的古板武官喔。」

聽到這件事，貓貓莫名地直冒冷汗。

（嗯，應該跟那無關。大概吧。）

貓貓這才想到，那時好像完全沒問要用在誰身上。算了，是誰都無所謂。

這裡的宮中，指的是此處以外的宮廷。

由於那裡有像樣的男性，因此成了競爭激烈的明星職業。不同於後宮宮女，要通過考試得到任用的菁英才當得上。

附帶一提，由於此處沒有像樣的男性，因此成了只能獨守空閨的職場。不過嘛，怎樣都無所謂。

到了尚藥局一看，除了八字鬍的大叔，還有個鐵青著臉的陌生宦官。

宦官不知怎地頻頻摩娑著手。

「哦哦，小姑娘，妳來得正好。」

庸醫面露好脾氣的笑容，出來迎接貓貓。

「什麼事？」

「好像是皮膚發炎，能不能給他調份軟膏？」

這實在不是掌管後宮醫藥的官吏該說的話。怎麼都不會想到自己來調製？

反正司空見慣了，貓貓打算前往隔壁有藥櫃的房間。

在那之前，她先將籃子放下，拿出松茸。

「有木炭什麼的嗎？」

「哦哦！採來的這幾朵可真是肥美。豆醬清與鹽也不可少。」

既然是庸醫愛吃的東西，事情就好談了。庸醫步履輕快地前去食堂要調味料。要是差事也能做得這麼俐落就好了。

可憐的病人被丟著沒人管。

（如果他不排斥，我可以分個一朵給他。）

看著可憐的宦官，貓貓一邊咭吱咯吱地攪拌藥材一邊心想。

等到庸醫拿著調味料與炭盆回來時，黏糊的軟膏已經做好了。

貓貓執起宦官的右手，仔仔細細地替紅疹子塗上軟膏。味道有點不好聞，但也只能請他忍耐了。

塗完藥後，鐵青的臉色似乎恢復了點紅潤。

「哎呀，真是個好心腸的宮女啊。」

在宮女當中，有些人會用侮蔑的目光看宦官。那種眼神就像在看不男不女的畸形生物。

「就是啊，她常常幫我的忙。」

兩名宦官悠悠哉哉地對話。

講到宦官，在一些時代會被當成挾勢弄權的惡人看待，但實際上那種人只是少數。大多都像他們這般性情溫和。

（也有例外就是了。）

一張令人不愉快的臉閃過貓貓的腦海，她把它消除掉。

貓貓點燃木炭，放上鐵網，用手撕裂松茸放在上面，又切開擅自從果園取來的酢橘。烤到獨特的香味飄入鼻腔，表面帶點焦痕後盛盤，灑上鹽與酢橘享用。

兩個大叔都吃了，所以已經確定是共犯。貓貓一直等到兩人都吃了，自己才開動。

貓貓正在咀嚼時，庸醫悠閒地開始話家常。

「小姑娘無所不能，幫了我好大的忙啊。除了軟膏之外，她還幫我做了各種藥呢。」

「哦，那真是了不起。」

簡直把貓貓當親生女兒了，讓人有點傷腦筋。

無意間，貓貓想起已經半年以上沒見到的阿爹。不曉得他有沒有好好吃飯？有沒有人買藥賴帳？

貓貓正陷入些許感傷情懷時，庸醫竟然發揮庸醫本色，說出一句不該說的話來。

「是啊，我看沒什麼藥是她做不來的。」

（嗄？）

貓貓還來不及阻止他誇大其辭，眼前的宦官已經有了反應。

「什麼都行嗎？」

「什麼都行。」

庸醫得意地用鼻子出氣，啊啊，難怪會是個庸醫。

宦官睜大雙眼看著貓貓，表情顯得不苟言笑。

「那麼，妳能做出驅邪解咒的藥嗎？」

男子一邊撫摸發炎的右手一邊說道。

他的臉色又變得跟剛才一樣鐵青。

○●○

事情發生在前天夜晚。

每天的最後一份差事都是收垃圾。

後宮各處拿出來倒的垃圾，會用板車收集起來，運至西側大洞燒掉。

本來傍晚之後是禁止生火的，不過這夜無風，空氣也潮溼，上面認為沒有問題就准了。

下官們將垃圾扔進洞裡。

他想早點做完差事，因此自己也同樣專心做事，把板車上的垃圾陸續扔進洞裡。

無意間，板車上有個東西吸引了他的目光。是女子的衣物。雖不是絲絹，但也是高級料子，丟掉可惜。

他不知該如何處理，拿起來一看，發現裡面包著零散的木簡。

包著木簡的衣裳，袖口有一大塊燒焦的痕跡。

這究竟是怎麼回事？

雖然丈二金剛摸不著頭腦，但差事總得要做。

他將木簡一一拾起，丟進了洞裡的火堆。

○●○

「結果火舌猛烈升起，變成了令人毛骨悚然的顏色？」

「正是。」

公公似乎光是回想都覺得害怕，肩膀在打顫。

「顏色是一下紅一下紫，又一下藍？」

貓貓確認性地問道。

「是啊。」

貓貓恍然大悟地點頭。

原來今天小蘭告訴她的傳聞，就是從這裡來的。

（明明是西側的事，竟然會傳這麼遠。）

都說宮女的流言蜚語傳得比飛毛腿還快，看來此話不假。

「那一定是以前葬身火窟的妃子作祟。就說晚上不該生火嘛，所以我的手才會變成這樣。」

宦官手上的發炎，似乎是看到那種怪火後才發作的。他鐵青著臉簌簌發抖。

「拜託了，姑娘。就為我調配一道解咒的藥方吧。」

公公用哀求的目光看著貓貓，一副病急亂投醫的神情。

「哪可能有那種藥嘛。」

貓貓冷淡地說完逕自離席，到隔壁房間的藥櫃翻找。

她不理會不知所措的庸醫與公公，把一些東西放到了桌上。有幾種粉末，還有木簡的碎片。

「那個火焰是不是這種顏色？」

貓貓拿木簡去碰燃燒的木炭，確定點著了火後，用藥匙舀起白粉灑入火中。

橙色火焰變得赤紅。

「不然就是這個。」

貓貓灑入別種粉末，火焰變成了青綠色。

「用這個也行。」

她撮起一點沾松茸的鹽加進去，火焰就變成了黃色。
兩名宦官睜圓了眼。
「小姑娘，這究竟是？」
庸醫神色驚訝地問道。
「就如同染色的煙火，只不過是隨著燃燒的東西不同，火焰顏色也會有所改變罷了。」
妓樓裡有個尋芳客是煙火匠。傳家密技一旦進了香閨，也變成了茶餘飯後的話題，甚至不知道隔壁就住著小孩子。
「那我這手是怎麼搞的？不是詛咒嗎？」
公公摩娑著手向貓貓問道。
貓貓將白色粉末拿給他。
「直接用手碰這個有時會起疹子，要不就是木簡上用了生漆。不管是哪一個，我想公公應該原本皮膚就弱，容易發炎吧？」
「……經妳這麼一說，的確。」
紅腫著手的宦官癱軟無力地跌坐在地。公公臉上掛著安心與驚訝。
上回大概也是零散木簡上沾到了什麼東西吧。所以燒掉時才會冒出彩色火焰。
哪裡是什麼詛咒，不過就是這樣而已。

（問題是這裡怎麼會有那種東西。）

貓貓的思緒被打斷了。

一陣啪啪拍手聲傳來。貓貓轉頭一看，只見一個頎長人影站在房門口。

「漂亮。」

不知是何時來的，一個討厭的訪客站在那裡。

壬氏臉上浮現一如平常的神仙微笑站在那兒。

十五話　暗中策劃

貓貓被壬氏帶到宮官長的房間。

中年宮女在壬氏的指示下，退到了屋外。

容貓貓說一句真心話。要跟這個生物兩個人待在同個房間裡，她完全做不到。

貓貓並不討厭美麗的事物。

只是如果那個東西太美，她會覺得任何一點汙點都像是滔天大罪，而無法容忍。如同經過精心琢磨的璧玉只要留下一小道刮痕，價值就會減半一樣。

容貌姣好，內在卻令人遺憾。

所以，貓貓看他時，總是忍不住把他當成滿地爬的蟲子。

這是莫可奈何的。

（真想把他當成珍玩視之。）

這是平民百姓貓貓的真心話。

當高順代替宮女進來時，貓貓如釋重負。最近這個寡言侍從慢慢變成了心靈慰藉。

「這些究竟有幾種顏色？」

壬氏把從尚藥局拿來的粉末一字排開。這些是貓貓記得的藥品，其他說不定還有更多。

「紅、黃、藍、紫、綠，若是細分的話還能分出更多，具體數量不明。」

「那麼，如何才能讓木簡附上這些顏色？」

直接將粉末灑上去絕非易事，必定會啟人疑竇。

「鹽巴的話只要以水調開就可以染色。我想這邊這個也可比照辦理。」

貓貓將白色粉末移向自己。

「其他粉末有些似乎可以用水以外的東西調開。這方面小女子不是專家，不甚清楚。」

同樣是白色粉末，也有水溶性與非水溶性的，還有的能夠以油調開，類型千差萬別。既然要讓木簡浸泡其中，應該是使用水溶性的粉末較為合理。

「這就夠了。」

青年雙臂抱胸，沉思默想。

這麼簡單的一個動作，看上去就有如一幅畫。上天有時會賜與一個人只應天上有的美貌，真是罪過。而這樣一個麗質天生的人居然以宦官身分在後宮當差，也實在是夠諷刺的。

她知道壬氏掌握了後宮內的大小事宜。

貓貓這時說的話可能成了某種根據，壬氏似乎正在腦中將零散碎片拼湊起來。

（或許是……暗號吧？）

歸納出的答案恐怕是一樣的。但貓貓十分清楚自己不該說出口。

有句諺語說「野雞不叫不挨打」。忘記是哪個國家的諺語了。

由於看起來沒自己的事了，貓貓正打算離開時……

「且慢。」

卻被壬氏叫住了。

「總管有何吩咐？」

「我喜歡土瓶蒸。」

「什麼的土瓶蒸？」這不用問也知道。

（果然被逮到了。）

看來在尚藥局吃松茸還是太招搖了。

貓貓垂頭喪氣。

「小女子明日就去採摘。」

她如此告訴壬氏。

明日還得再跑一趟松林才行。

○●○

確定門砰一聲關上後，壬氏收起蜂蜜般的甜美笑容。取而代之地，視線變得有如水晶的尖端。

「找出近日手臂燙傷之人。先從個人房妃嬪找起，貼身侍女也要查。」

他如此命令候命的副手。沉默寡言的高順彷彿一直在等這句話，低頭領命。

「遵命。」

高順離開後，宮官長走了進來。壬氏覺得每次來都把她趕出去，真是對不起她。

「抱歉了，每次都得借用妳這地方。」

「不……不敢。」

宮女都一把年紀了，仍然滿面羞紅。

壬氏再次將天上甘露般的笑靨掛在臉上。

女子分明就該如此，她卻……

他想利用那個丫頭，卻毫不見效。難道自己的美貌不過如此？

壬氏只短暫地噘了一下嘴，就又面露原本的笑靨，離開了房間。

一回到翡翠宮，宦官搬來的一大堆箱籠正等著貓貓。箱籠在廳堂裡層層堆起，侍女忙著檢查箱中物。

貓貓原以為是皇帝的賞賜，或者是家鄉寄來的補貼，但樣子好像不對。以玉葉妃的衣裳來說相當樸素，而且同種式樣的有好幾件。看侍女紛紛拿起衣裳對著自己比大小，似乎是新的侍女服。

「來，這妳穿穿看。」

前輩侍女櫻花把一件新衣拿來給貓貓。

米色上衣搭配淡紅衣裙，衣袖為淡黃色，比平常的衣裳更為寬鬆。

雖不是絲綢，但也是以上好棉布製成。

「這是？」

即使色彩內斂適合侍女穿著，款式卻不實用。而且貓貓從未穿過胸口大開的衣裳，忍不住露出排斥的表情。

「問這什麼話，當然是園遊會的衣裳了。」

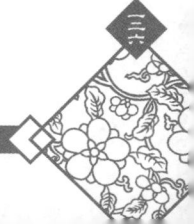

「園遊會？」

貓貓萬事聽從前輩侍女的好意，每日除了試毒與調藥，就是到外頭到處採藥，跟小蘭聊天，或是在尚藥局喝茶。因此王公貴人們的話題幾乎是毫無耳聞。

老實講，貓貓都覺得差事太輕鬆而不好意思了。

見貓貓一頭霧水，櫻花拿她沒轍地告訴她。

她說每年在宮廷的庭園，會舉行兩度園遊會。

未立皇后的皇帝，會帶正一品的嬪妃到場。照料嬪妃的宮女也會隨同到場。

在後宮內，玉葉妃號「貴妃」，梨花妃號「賢妃」。

另外尚有「德妃」與「淑妃」兩位嬪妃，合稱四夫人，皆為正一品。

本來冬天的園遊會應該只由「德妃」與「淑妃」赴宴。然而由於前次玉葉妃與梨花妃剛生下孩子，不克參與，因此這次決定令四夫人一同赴宴。

「所有人都得赴宴嗎？」

「是呀，得拿出渾身解數才行。」

難怪櫻花會這樣幹勁沖天了。

踏出後宮的機會本來就少，這次還是鈴麗公主初次亮相，而且上級妃子無一缺席，看頭可多著了。

為了侍女人數少的玉葉妃著想，貓貓不能以不識禮儀為由拒絕赴宴。此種公開場合正需要有人試毒，這點小事她是知道的。

（怕要有一場腥風血雨了。）

貓貓的直覺很準。

傷腦筋的是真的很準。

「最好在胸前塞點東西。臀部附近也要加點高度，不介意吧？」

「由櫻花做主。」

時下以豐腴體態為美，貓貓的體型只能用瘦小乾枯來形容。

櫻花把衣帶勒得緊緊的，一邊調整衣裙或袖子的長度，一邊補上臨門一腳：

「還得好好化妝才行呢。妳偶爾也該努力遮掩一下雀斑才好。」

看到櫻花咧嘴一笑，不用說也知道，貓貓用一個抽搐的笑臉做回答。

貓貓聽紅娘重複一遍園遊會的流程，覺得厭倦不已。

紅娘有參與去年春天的園遊會，她說：

「本來還以為今年取消，正感放心呢。」

她呼了一聲，深深嘆了口氣。

貓貓問她何事如此不情願，她說其實也沒有要做什麼，就是站著而已。

嬪妃終究是去做客的，只要跟著皇帝即可。嬪妃的侍女也一樣。

只要欣賞演武、樂舞、詩歌與二胡等表演，吃端出的菜餚，官員來致意時適宜給點笑容即可。

但是要在刮冷風的屋外。

庭園大小與皇帝的權力成正比，不必要地廣大寬闊。

只不過是想去個茅房，就得花上兩刻鐘。

主賓皇帝不會離席，嬪妃也只能夫唱婦隨。

（沒有鐵打的膀胱還幹不來呢。）

早春時節的園遊會都這麼難熬了，冬天不知道有多慘。

於是貓貓替中衣縫上許多口袋，準備在裡面裝熱石頭（懷爐）。另外又將薑與橘子皮刨成細絲，用砂糖與果汁煮成糖果。

貓貓將中衣與糖果拿給紅娘看，她眼睛水汪汪地請貓貓替大家都做一份。

正在製作時，閒人宦官也來了，叫她替自己也做一份。

他的侍從也一副欲言又止的模樣，不得已，貓貓就一起都做了。

不只如此，當晚臨幸之際，玉葉妃似乎將此事告訴了皇帝，翌日皇帝御用的裁縫與御廚都來了，於是貓貓教他們如何製作。

看來這宴會的確是件苦差事。

不過貓貓發現，其實只消花點工夫就能讓事情輕鬆不少，但大家好像都沒想到，白白受罪。看來一旦習慣成自然，就會連一點小工夫都想不到。

多虧於此，直到園遊會開始之前，貓貓所有時間都用來做手工。其間，為了矯正貓貓偶爾蹦出的粗鄙言詞，紅娘好心來指導她。貓貓很感謝她的親切，但也很困擾。不同於另外三位姑娘，紅娘這位侍女長似乎略微察覺到了貓貓的本性。

前一晚貓貓總算有了空閒，於是決定拿手邊的藥草調製藥品，以防萬一。

「玉葉娘娘真是丰姿冶麗。」

櫻花她們這樣說，並不是在阿諛奉承。

（真不愧是寵妃耶。）

散發異國風情的妃子，穿起了嫣紅衣裙與淡紅上裳，外頭披一件與衣裙同色的嫣紅金絲繡紋大袖衣。頭髮綰成大雙鬟，插兩支花簪，正中央再戴上頭冠。花簪上有銀步搖，前端垂落著紅絹流蘇與翡翠珠。

服飾造型華麗卻不喧賓奪主，是因為玉葉妃天生麗質。

一頭燃燒般紅髮的娘娘，被人稱譽為舉國最適合紅色的美女。而翡翠眸子在滿目嫣紅當中耀耀成光，也散發出一種神祕氣質。想必是因為玉葉妃繼承了濃厚的異國血統。

貓貓她們的衣裙採用淡紅色，也是代表侍候玉葉妃的意思。侍女身穿與主子系出同門的色彩，但顏色較淡，藉此達到紅花綠葉之效。

侍女各自幫忙穿上同一式樣的衣裳，綰起頭髮。

趁著這難得的機會，玉葉妃從自己的妝臺取出了珠寶盒。

裡面放著翡翠首飾、耳飾與髮簪等等。

「妳們是我的侍女，我得給妳們做個記號，免得壞男人接近妳們。」

說著，玉葉妃為各侍女的頭髮、耳朵或脖子一一戴上珠寶。

她也為貓貓戴上了玉首飾。

「謝娘……」

（噫！）

謝都還沒謝完，貓貓就被人從背後架住了。

櫻花從後面伸出手臂，緊緊抱住了她。

「好啦，該來化妝嘍。」

紅娘手拿小刷子，笑得邪門。她看起來似乎比平時興奮浮躁，不知是不是貓貓多心了？

其他兩名侍女也各自拿著胭脂貝殼與筆刷。

貓貓忘記了，最近前輩侍女早就吵著說要給她化妝。

「呵呵，去讓人家把妳化可愛點吧。」

看來這裡還有一個共犯。玉葉妃發出銀鈴般的笑聲。

四名侍女對驚惶失措的貓貓毫不留情。

「首先得把臉擦擦，塗上香油才行。」

她們用溼布用力擦拭貓貓的臉。

「咦？」

櫻花等人同時發出傻愣叫聲，響遍了整個房間。

（唉——）

貓貓一臉疲倦地仰望天花板。

侍女的目光在她的臉龐與擦臉布上來回梭巡，驚得嘴巴都合不攏。

（看來是穿幫了。）

貓貓尷尬地閉起了眼睛。

在此聲明一件事。

貓貓不願化妝的理由，並非因為討厭化妝，也不是不擅此道。

真要說的話，其實她算得上擅長化妝。

既然如此，為何不肯呢？是因為她的臉已經化過妝了。

溼布上沾染了淡褐色的汙漬。

大家以為未上妝的臉龐，其實是她的妝容。

十六話　園遊會　其壹

當園遊會再過半個時辰（一小時）就要開始時，玉葉妃與侍女都在庭園的涼亭裡等待時間到來。池塘裡有著五彩繽紛的鯉魚泅泳，通紅的丹楓飄下所剩不多的落葉。

「妳幫了大家一個大忙呢。」

雖然陽光充足，但北風又冷又乾。平常大家只能簌簌發抖，不過有了內藏熱石頭的中衣，大家都不至於太難受。

原本讓人掛心的鈴麗公主，也在籃子裡好端端地窩著。籃子裡同樣放了熱石頭。

「公主的熱石頭要頻繁取出，重新用布包好，以免造成燙傷的危險。還有糖果含太久會讓嘴裡刺痛，請多注意。」

貓貓在提籃裡裝了替換的熱石頭。公主的尿布或替換衣物等等也在裡面。替石頭加熱的火盆已經請宦官搬到宴場後面了。

「我明白了。話說回來……」

玉葉妃淘氣地發出「呵呵呵」的笑聲。其他侍女也都在苦笑。

「妳可是我的侍女喲。」

玉葉妃指著翡翠首飾。

「娘娘說得是。」

貓貓決定只聽字面上的意思。

○●○

高順看著主子問候德妃。

擁有天女般微笑，宛如天上甘露的壬氏，比小小年紀就被譽為美姬的德妃更為冶豔動人。

只不過是在平素的質樸官服上添點刺繡，頭髮再插支銀簪，就讓服飾豪華絢爛的妃子相形失色。

美到這種地步已經成了一種挖苦人的存在，然而相形失色的妃子本人卻看得如痴如醉，大概是用不著擔心了。

實在是個作孽的主人——高順心想。

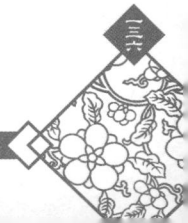

問候過三位妃子後，接著要去向玉葉妃問安。
高順看到她們在池塘另一頭的涼亭。
壬氏本該對四夫人一視同仁，然而最近，主人總是比較關照玉葉妃。
雖說玉葉妃是皇帝的寵妃，所以不用大驚小怪，但是原因擺明了不只如此。
看來主人還是改不掉喜歡玩弄玩具的老毛病。高順搖搖頭，覺得很傷腦筋。
壬氏向妃子行禮，讚美她與嫣紅衣裳相映成趣。
高順也覺得玉葉妃穿起紅衣很美。異國的神祕風情與妃子的天生麗質，彷彿讓空氣都受了熏染。
後宮內講到華美的風韻，恐怕只有玉葉妃能不遜於壬氏。
但這不表示周圍的宮女不美，她們個個都散發著自己的魅力。
壬氏的了不起之處，在於能夠明確地開口讚美這些地方。
誰都喜歡聽別人稱讚自己滿意的部分。壬氏很懂得利用這點。
壬氏不說謊話。
只是也不說真話罷了。
他佯裝平靜，然而左邊嘴角微微上揚。長年服侍他的侍從看得出來，那是小孩眼前擺著玩具時的表情。真讓人為難。

壬氏假裝要看公主的臉，接近嬌小的侍女。

然而……

那裡站著一個面無表情，一副好像看不起壬氏的傲慢神態的陌生侍女。

○●○

「壬總管好。」

貓貓留心不露出「怎麼又來了，閒人一個」的表情。

由於高順在看著，她希望盡量別引起風波。

「妳化妝了？」

壬氏用一種心神恍惚的語氣問道。

「沒有，小女子並未化妝。」

只有嘴唇與眼角上了點胭脂，其他都是原來面貌。小小點綴應該不算化妝。

鼻子周圍留下了點淡淡斑痕，但不到需要在意的程度。

「雀斑不見了。」

「是的，因為擦掉了。」

剩下的是以前她自己用針刺出的黥面。她沒有刺得很深，墨用得也淡，大約一年就會消失不見。

即使說會消失，然而這種行為與罪人刑罰無異，使得阿爹當時面有難色。

「是化妝塗掉的吧？」

壬氏向貓貓確認性地問道。他歪著眉毛，瞇起眼睛盯著貓貓看。

「是因為卸了妝，所以不見了。」

（啊——也許我應該隨口應付過去的。）

貓貓發現自己弄錯了回答，但為時已晚。解釋起來實在很麻煩。

「妳講的話很奇怪，前後矛盾。」

「不，沒有的事。」

化妝不只能讓人變美。有時已婚婦女也會化妝，故意讓自己變醜。

貓貓每天都用乾燥黏土與染料調和的液體塗在鼻子周圍。把黥面的細斑塗得模糊，看起來就很像是黑斑。誰也沒想到她會這樣做，所以沒人看穿。

臉上長有雀斑與黑斑，相貌平平的女子。

因此別人都叫她醜女。

反過來說，假若沒有雀斑與黑斑，可以說就只是一張沒有特徵的大眾臉。

然後只要塗上一點胭脂就能改頭換面，完成與平素的貓貓截然不同的容貌。

聽了貓貓的解釋，壬氏抱頭苦思，好像不太能夠理解。

「為什麼要化那種妝，有意義嗎？」

「有的，可以避免被人拖進後巷。」

雖說身處煙花巷，但還是不乏一些色慾薰心之人。那種人大抵身無分文，又凶狠殘暴，其中還有很多人身染性病。由於貓貓家裡是借用娼館的一個房間面對著道路開藥舖，有些人會將她家錯當成不同風格的妓院勾欄。世上愛好標新立異的事物之人倒也不少。

當然，貓貓可不想跟他們糾纏。

一個又瘦又小，而且滿臉雀斑的小丫頭，比較不容易被人看上。

壬氏愣愣地聽著，不知怎地戰戰兢兢地問了：

「妳被人拖進去過嗎？」

「未遂罷了。」

貓貓聽出了他想說什麼，冷眼瞪著他。

「不過倒是被人口販子擄走了就是。」

她還順便酸了一句。

被賣進後宮的女子長得越美越好。那時貓貓去採藥，不巧忘了化妝。她要採漸漸變淡的黥面要用的染料。看來那些人認為她勉強賣得了錢。

壬氏按住了頭。

「抱歉，是我管理不周。」

以這種形式召集後宮宮女，大概也並非管事者所願。壬氏失去了平素的耀眼光華，顯得有些沮喪。

「沒關係，綁匪販賣人口跟家境貧寒而賣身根本無從分辨，小女子並不介意。」

前者是犯法，後者則是合法。縱然是擄人，只要買進的人說不知情，就不會受罰。也有很多人鑽這個法律漏洞送來宮女。只要多送些不同類型，說不準哪一個就讓皇上食指大動了。而且部分薪俸會自動送進口袋。

貓貓現下在後宮化這種妝，跟隱瞞自己會寫字的事實出於同一種理由。雖說事到如今已經無關緊要，但她也不知道該選在何時恢復本來面貌，於是就維持現狀，如此而已。

「妳不生氣嗎？」

壬氏不解地問。

「當然生氣。可是，錯不在壬總管。」

貓貓明白要求為政者毫無缺失是沒有意義的。就跟不管如何治水，都無法完全預防水患是同樣的道理。

「嗯，我很抱歉。」

貓貓聽見了毫無矯飾的聲音。

（難得看他這麼老實。）

貓貓正想抬頭看他，某個東西唰的一下插到了頭上。

「總管弄痛我了。」

貓貓一臉不滿地看著壬氏，用瞪人的眼光問他幹了什麼好事。

「是嗎？送妳。」

她看到的並非甜蜜但空虛的笑靨，而是夾雜著些許憂鬱與羞赧的神情。

貓貓摸了摸頭，發現本來並未插釵的頭髮上，傳來冰涼的金屬觸感。

「那就晚點宴場見了。」

壬氏背對著貓貓揮揮手，就離開了涼亭。

插在頭上的是男用的銀簪。想必是方才壬氏戴在頭上的東西。作工看似樸實無華，卻刻滿了精細雕飾，想必能賣到不錯的價錢。

「啊——好好喔。」

由於櫻花豔羨不已地看著，貓貓本來想送給她，但另外兩人也露出相同表情，貓貓思索著該怎麼做才好。

紅娘苦笑起來，按住貓貓想遞出簪子的手，搖了搖頭。意思大概是人家餽贈的東西，不可以隨便給人。

「真是，這麼快就不守信了。」

玉葉妃用鬧彆扭的表情看著貓貓。

妃子拿起貓貓手裡的簪子，美美地幫她插在綁好的頭髮上。

「這下妳這侍女豈不是不只屬於我一個人了？」

不知是幸或不幸，貓貓對宮中之事……特別是王宮貴人的事情很生疏。

她連這代表何種意思都不知道。

十七話　園遊會　其貳

園遊會於中庭設下的宴席舉行。大型涼亭裡鋪了紅地毯，長桌排成兩排，前面設置了上座。

皇上坐上座，兩側坐皇太后與皇弟，東側坐貴妃與德妃，西側則是賢妃與淑妃。如今東宮太子薨逝，當今皇上的同母皇弟擁有第一繼承權。

話說回來，貓貓覺得此種座位安排分明是挑釁。怎麼看都像在煽動四夫人的敵對心態。

皇帝的弟弟雖以皇太后為母親，據說卻過著不見天日的生活。縱然表面上像這樣在上座安排了席次，卻是空席。皇弟體弱多病，幾乎不踏出自己的房間一步，也不執行公務。

有一部分的人百般臆測，認為皇帝太寵年紀相差甚多的弟弟，或是命其幽閉，又說可能是皇太后太疼皇弟，不願讓他外出。

總之呢，這跟貓貓沒有關係。

菜餚要過正午才會端上來，此時眾人都在欣賞雜耍或樂舞。

玉葉妃身邊只有侍女長紅娘服侍著，只要沒有事情，其他侍女都在布幕後方等候吩咐。

公主由皇太后哄著。皇太后舉止大方且美貌不減當年，即使讓四夫人簇擁著仍不顯遜色。再加上如此安排，即使有人將青春永駐的她錯當成皇后也不奇怪。

事實上，皇太后的確年輕。貓貓聽櫻花她們說過此事，反過來計算皇太后產下當今皇帝的年齡之後，真想給先帝一個白眼。雖說世上有著愛好女童的特殊性癖好，但如果是當今最高統治者如此，又該做何反應呢？總之貓貓覺得皇太后生子一定很不容易，光是這點就很了不起了。

貓貓正在想著這些事時，一陣強勁的風吹來，令她渾身顫抖了一下。

（索性準備個帷幕不是更好？）

布幕只能遮擋身影，根本擋不了風。

貓貓她們揣著熱石頭都覺得冷了，其他妃子的侍女想必更吃不消。

果不其然，其他候命的侍女簌簌發抖，其中還有人站成了內八字。貓貓覺得她可以趁現在去茅房，不過當著其他妃子的侍女面前，可能想去也沒臉去。

令人傷腦筋的是，四夫人的侍女都喜歡代替主子較勁。

負責勸解的侍女長都各自跟在妃子身旁，沒人勸阻。

目前的戰況是「玉葉妃軍對梨花妃軍」以及「淑妃軍對德妃軍」。

附帶一提，玉葉妃軍營全軍只有四人，連敵軍侍女的一半都不到。戰局看似是我方略居下風，然而櫻花輸人不輸陣。

「啊？說我們土氣？妳有沒有腦袋啊？所謂的侍女應該要盡心侍奉主子才對，打扮得花枝招展是何居心啊。」

看來雙方是在吵衣服的問題。由於是服侍梨花妃，對方那些侍女的衣裳都是藍底。那些衣裳大多附有披帛與許多裝飾，比玉葉妃這邊華麗許多。

「妳說這什麼話？打扮得醜，辛苦的是主子。難怪會僱用那個醜丫頭——」

水晶宮的侍女嘻嘻笑著。

（哦，當著我的面取笑我呢。）

貓貓事不關己地想。不用說也知道，人家說的醜丫頭就是她。貓貓很明白在這後宮當中，自己的容貌連平凡都算不上。

得意洋洋地挺著胸脯的宮女，是之前跟貓貓作對的侍女之一。那人個性凶悍，但不具有膽識，動不動就是一句「我要向我父親告狀」。貓貓為了讓她閉嘴，於是趁那宮女落單時將她逼到牆邊，一邊把膝蓋塞進她的大腿之間，一邊用指尖摸了摸她的頸子，然後回以一句「那我就弄得妳告不了狀」，於是後來她再也不敢靠近貓貓。

（看來她聽不懂娼妓式的玩笑話。）

至少那句話不該對著不諳世事的富家千金說。那名侍女不知道自己會被怎樣，戰戰兢兢地躲貓貓躲得遠遠的。竟然把那種玩笑話當真，真是個黃花大閨女。

「那醜丫頭不在這兒，想必是被拋下了吧。這也難怪，帶那種醜女過來可是要丟人現眼的，我看連一件玉飾都拿不到。」

宮女似乎完全沒認出貓貓。

（真是過分，咱們可是共處了兩個月耶。）

看到櫻花差點氣急敗壞地撲上去，還需要另外兩名侍女攔住她，貓貓覺得差不多該讓對方安靜下來了。

貓貓繞到櫻花她們的背後，用手掌遮著鼻子，看著身穿藍衣的侍女。

一名侍女先是狐疑地瞇起眼睛，接著察覺到了某件事，臉色發青地對身旁的侍女耳語。鼻子一遮起來之後，即使沒有雀斑，對方似乎也認出了貓貓來。

就像玩傳話遊戲一樣，最後事情傳到了趾高氣昂的侍女耳裡，她筆直伸出來威嚇人的手指抖個不停，驚慌失色地張著嘴巴。

她與貓貓目光對上了。

（總算認出我來了啊。）

貓貓盡可能露出滿面笑容，但看在侍女眼裡卻有如虎狼。

「啊，啊啊……啊啊！」

對方好像嚇傻到話都不會說了。

「怎……怎樣啦。」

櫻花不知道貓貓在背後笑得邪門，看敵對者忽然像小動物般發抖，一肚子納悶。

「啊，啊啊。今……今兒個就姑且放妳一馬。妳……妳可得感謝我啊。」

侍女撂下莫名其妙的狠話，就跑到布幕邊邊去了。明明還有其他空著的地方，她卻跑去離貓貓等人最遠的位置。

櫻花等人被弄得一愣一愣的……

（還是很受傷耶。）

至於貓貓則是做如此想。

櫻花重新打起精神，看著貓貓的眼睛說：

「受不了，雖然早就覺得她們盡是些討厭鬼了，但真是對不起妳，讓妳受委屈了。妳明明這麼可愛。」

櫻花歉疚地說。

「沒關係，我不在意。這事先擱一邊，熱石頭還不用替換嗎？」

貓貓是真的毫不介意，所以沒關係。然而櫻花卻眉頭緊鎖，用同情的目光看她。

「不用，還是溫的，不要緊。話說回來，她怎麼沒事忽然開始發抖？」

另外兩名侍女也大惑不解。翡翠宮的三位侍女雖然盡是些勤快又好脾氣的姑娘，但有點愛作夢，因此也就有點兒傻里傻氣。貓貓並不討厭櫻花她們這種性情，只是有些時候比較麻煩了點。

「誰知道呢，也許是很想去如廁吧。」

貓貓若無其事地說。

附帶一提，如今貓貓的設定除了是被爹娘打罵，被迫賣身而淪為死不足惜的試毒侍女，還再加上在水晶宮受人百般欺凌了兩個月，而且是個怕男人怕到想弄髒自己臉蛋的弱女子。

令人困擾的是櫻花她們的幻想能力，就像她們這年紀的姑娘一樣天馬行空。

壬氏找貓貓鬥嘴，也被她們重新想像成天女般的人上人關心可憐姑娘，真讓人無奈。

要怎麼看才能看成那樣，實在教人費解。

不過貓貓嫌麻煩，所以無意糾正。

至於另一邊的代理戰爭，還在進行當中。

人數是七對七。

是穿著白色衣裳的侍女，與穿著暗色衣裳的侍女。

前者是德妃的侍女，後者是淑妃的侍女。

「那邊也是水火不容呢。」

櫻花感慨地說，用手對著火盆取暖。她們偷烤貓貓帶來的栗子吃，不過水晶宮那些人都不肯靠近，其他人又都是那副樣子，所以沒人怪罪。

「一個年方十四，一個三十五歲。縱然同樣是嬪妃，要是年歲差距有如母女，自然會合不來了。」

「少不更事的德妃與年高德劭的淑妃，情況可想而知嘍。一言難罄啊。」

穩重大方的侍女貴園說。

「就是呀，畢竟過去曾是婆媳關係嘛。」

個頭高挑的侍女愛藍也點點頭。兩人性情雖比櫻花溫順，但就像這個年紀的姑娘一樣喜歡聊天。

「婆媳？」

好像聽到了後宮不該有的字眼。貓貓偏了偏頭。

「是呀，講起來有點複雜就是了。」

她們說兩人曾經是先帝嬪妃與東宮嬪妃的關係。

先帝駕崩時，這位嬪妃為了服喪而出家。

然而這其實是藉口，是要讓她一時捨棄紅塵，藉此將服侍過先帝的事一筆勾銷，接著再嫁給先帝之子。因為爹娘是高官顯爵，才能採取此種強硬手段。

（先帝在位是五年前的事了。）

當時德妃九歲。這種事情縱然是政治策略，也實在教人心裡不舒服。一想到皇太后是在更年幼時入宮，豈止不舒服，根本是無比噁心。

貓貓想起當今皇帝的喜好，不由得鬆了口氣。皇上雖然有點喜愛結實纍纍的碩果，不過沒有先帝那種性癖好就已經謝天謝地了。

（再怎麼好色也不至於那麼離譜吧。）

貓貓想起蓄著美髯的皇帝喃喃自語時，得知了教人驚駭的事實。

「什麼九歲的婆婆，實在太不合常理了嘛。」

愛藍說出了令貓貓懷疑起自己耳朵的話來。

十八話　園遊會　其參

德妃——里樹給貓貓的第一印象，是個不識大體的小姑娘。

宴會第一階段結束後安排了休息時間，於是貓貓與貴園去照顧公主。貴園替換涼掉的熱石頭時，貓貓則確認寶寶貴體有無違和。

（身體狀況好像還不差。）

臉蛋像顆蘋果的鈴麗公主咯咯笑著，現在表情比貓貓初次見到她時豐富多了，父皇與皇祖母都對她疼愛有加。

（可是一直這樣待在屋外不對吧？）

這下子要是讓公主得了感冒，貓貓恐怕就要掉腦袋了，真是沒道理。

因為如此，籃子特地請工匠做了蓋子，完成了一只簡直有如鳥籠的睡籃。

（好吧，反正可愛就罷了。）

就連不喜歡小孩的貓貓都覺得可愛了，可見小寶寶是多厲害的一種生物。

現在公主會爬了，總是想爬到睡籠外面，貓貓輕輕把公主放回籠裡，正想交給紅娘時，背後傳來了重重一聲鼻息。

一個身穿絢麗濃桃色大袖的年輕姑娘正在看著她們，後面帶著好幾名侍女。

雖然生得一張惹人憐愛的臉蛋，卻嘟著嘴，好像想讓人知道自己有多不高興。也許是不喜歡貓貓她們不來問候，只顧著照顧寶寶。

（她就是那個幼婆婆？）

紅娘與貴園深深低頭致意，所以貓貓也照著做。

里樹妃仍舊一副不高興的臉，帶著侍女走遠了。

「那就是德妃娘娘？」

「是呀，就是她。不過我想妳看了也知道。」

「她是不是搞不清楚很多事情？」

例如現場的氣氛等等。

受封四夫人後，每人會得到自己的象徵。

好比玉葉妃就是大紅色與翡翠，梨花妃就是群青與水晶，淑妃從侍女的服裝來看，應該是黑色吧。她住在石榴宮，因此寶石大概就是石榴石了。

（若是取自五行，穿白色才恰當。）

里樹妃身上的衣裳是濃桃色，說得明白點，就是跟玉葉妃的紅衣重複了。從宴席的席次來看，玉葉妃與里樹妃相鄰而坐，一眼看上去色彩會起衝突。

（對了。）

貓貓想起剛才遠遠傳來的宮女爭吵，好像也是在吵這個話題，責怪她們穿著的顏色搞不清楚立場。

「該怎麼說呢？畢竟她還小嘛。」

紅娘深深嘆氣說出的這句話解釋了一切。

貓貓把變涼的熱石頭放進事前準備好的火盆。

由於其他家的侍女都在遠遠看著，於是貓貓向玉葉妃請准後，分了她們幾顆。

看慣了絲絹或寶玉的侍女，竟然會為了區區加熱過的石頭而高興，實在挺有意思的。

遺憾的是水晶宮的侍女一見貓貓靠近，就像磁石互斥那樣拉開一定距離，因此沒辦法送給她們。與其冷得發抖，為什麼不收下就是了？

「搞了半天，妳人會不會太好了？」

由於櫻花傻眼地說……

「經妳這麼一說，或許是呢。」

於是貓貓坦白講出了心中想法。

（對了。）

自從進入休息時間以來，帳幕後面的人好像就多了起來。

不只侍女，諸位文臣武將似乎也都進來了。

眾人都一手拿著飾品。

有一對一找宮女講話的，也有好幾人簇擁著一人的。

貴園與愛藍似乎也在跟不認識的武官說話。

「大家就是像那樣，勸誘隱藏於花園中的優秀人才。」

櫻花解釋給貓貓聽。她顯得有點得意，鼻子噴氣，不知在興奮什麼。

「是。」

「官員會把帶來的飾品交給宮女，作為印信。」

「這樣啊。」

「好吧，其實還有別的含意就是了。」

「原來如此。」

見貓貓一反常態回答得興趣缺缺，櫻花雙臂抱胸，噘起了嘴唇。

「我說，還有別的含意喲——」

「是這樣啊。」

貓貓絲毫無意追問有什麼含意。

「那妳那支簪子給我。」

櫻花指著方才壬氏送貓貓的東西。

「可以。不過，得請妳與另外兩人猜拳決定才行。」

貓貓一邊幫火盆裡的熱石頭翻面一邊說。要是她們因此吵起來就難辦了。況且假如被紅娘知道貓貓擅自把東西送人，難保她不會賞貓貓後腦杓一掌。侍女長動手動得挺快的。

貓貓打算兩年當差結束後就要早早回煙花巷，所以出人頭地或招攬人才都與她無關。

而且更重要的是……

（與其被那種人呼來喚去，我寧可在水晶宮當丫鬟。）

貓貓的眼神就像在看一隻斷氣的蟬。

這時……

「這位小姑娘，請收下。」

先是聽到低沉的男子嗓音，接著一支簪子遞到了眼前。小巧的桃紅珊瑚在簪子上搖曳。

貓貓抬頭一看，眼前是一名五官精悍的大漢，臉上笑容可掬。

此人年紀尚輕，未蓄鬍鬚。雖然長相算得上是個美男子，但貓貓對於甜美的笑容莫名地有抗性，因此只是無動於衷地回看著他。

武官似乎發現對方的反應跟想像中不同，但又不能縮回伸出去的手。他半蹲著用腳尖站立，所以腳在發抖。

貓貓好像發現自己害男子陷入困境了。

「謝謝。」

貓貓收下簪子後，男子的神情變得像是受到飼主稱讚的小狗。

貓貓覺得這人有點像隻笨狗。

「那就別啦——多指教嘍——我叫李白，記好了。」

（我是覺得不會再見到你了。）

揮手告別的大型犬，衣帶上還別著十幾支簪子。

可能是為了不讓侍女受辱，所以到處分送？出手還真是大方。

（若是這樣的話，那真是對不起他了。）

貓貓正在看著桃紅珊瑚簪子時……

「人家送妳的？」

貴園她們來了。衣帶上各自別著戰利品。

「參加獎罷了。」

貓貓無動於衷地回答。應該是到處送給落單又無人搭理的宮女吧。

這時，背後有人開口：

「就這麼件東西，太冷清了吧？」

那是一個耳熟的高貴嗓音。

回頭一看，豐滿的胸部……更正，是梨花妃站在那兒。

（好像胖了點。）

即使如此，還是不及往昔的豐腴肉體。不過殘留的憂色卻也襯托出娘娘的美貌。娘娘身穿深藍衣裙與天藍上裳，掛著青色披肩。

（不會有點冷嗎？）

貓貓既然是玉葉妃的貼身侍女，就不能太站在梨花妃那邊。

離開水晶宮後，她也只從壬氏那兒聽說過梨花妃的病況。

她知道縱使自己造訪寢宮，也只會被侍女拒於門外。

「久疏問候。」

貓貓照著紅娘教的行禮。

「好久不見了。」

一抬起臉，梨花妃摸了摸貓貓的頭髮。

又跟壬氏那時一樣，有東西插到了頭上。

這次不會痛。某件東西像是輕柔地別上去一般，插在綰起的頭髮上。

「那麼，保重了。」

梨花妃一邊輕斥難掩驚愕的貼身侍婢，一邊優雅地離去。

翡翠宮的侍女愣在原地。

「唉——這下玉葉娘娘可能不只是鬧彆扭嘍。」

櫻花帶著傻眼的表情，彈了一下簪子的裝飾部分。

貓貓頭上搖曳著三顆紅水晶連成的珠串。

到了中午，貓貓與紅娘換班站到玉葉妃的身後，以服侍她用膳。

貓貓聽取櫻花的建議，總之先將拿到的三支簪子全別在腰帶上。玉葉妃給她的是首飾，因此別個一支簪子也是可以，但櫻花說這樣跟沒戴的簪子之間就有了高低之分。侍女做事隨時都得考慮到旁人的立場，實在麻煩。

貓貓從上座開始重新打量整個宴席，覺得還滿壯觀的。

西側是成排武官，東側則是文官列席。只有其中約兩成的人可坐長桌，其他人都是整整齊齊地站著。要維持這種姿勢長達幾小時，想必比背後當差的侍女更難熬。

高順也坐在武官那邊的位子。貓貓這下知道他的官位比想像中更高，不過一名宦官能毫不突兀地列席，讓她很是驚訝。

剛才那個大漢也坐在那兒。雖然席次比高順更接近末席，不過從年齡來想，也許算是少年有成了。

相反地，壬氏不見人影。那樣一個光彩奪目的人，應該很容易看見才對。

反正也沒事找他，於是貓貓專心做自己的分內之事。

首先端上來的是餐前酒。酒漿從玻璃瓶裡一點一點地注入銀杯。

貓貓緩緩搖晃酒杯，以肉眼確認接觸部分的色澤是否變得暗沉。

假如是砒霜，銀器就會逐漸發黑。

貓貓一邊緩緩轉動酒杯一邊嗅味道，含一口在嘴裡。她知道沒有毒，不過不嚥下就不能算是試了毒。她咕嘟一聲以酒潤喉，然後用清水漱口。

（哦？）

好像受到大家注目了。

其他試毒人連喝都還沒喝。

其他人確定了貓貓沒事，才心驚膽跳地喝一口杯中物。

（好吧，很正常。）

誰都會怕死。

如果有人願意身先士卒，當然是確定那人沒事再試比較安全。

（而且要在宴席中下毒，大概只會用即刻見效的毒藥。）

這些人當中頂多只有貓貓自己愛吞毒藥，屬於世間少有的人種。

（既然要下毒，我想吃河豚，把內臟巧妙地摻進羹湯裡那種。）

她愛死那種舌尖麻痺的感覺了。為了嚐到那種感覺，貓貓不知做過多少次嘔吐與洗胃。平時她服毒經常是為了讓身體習慣，只有河豚比較接近嗜好之物。附帶一提，她很清楚那種毒素不管怎麼做都無法讓身體適應。

正在想著這些事情時，貓貓與端來前菜的侍女四目交接了。貓貓的嘴角上揚著，可能笑得詭異又邪門，完全把人家嚇到了。

貓貓啪啪拍了幾下臉頰，讓臉變回平素的面無表情。

接過來的前菜是皇帝最愛吃的，有時會作為消夜。

膳食似乎由後宮御廚所烹煮，與平常的飲食無異。

其他試毒人都盯著貓貓瞧，於是她幫大家個忙，早早動筷子。

是魚肉與蔬菜做成的魚膾。

皇帝雖然是個好色大叔，不過試毒侍女覺得他吃得還挺健康的。

（配膳出錯了。）

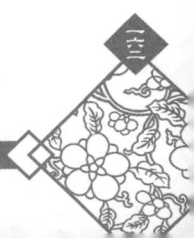

貓貓發現到食材與平時有異。平常放的是青花魚，今天卻用海蜇皮或類似的食材代替。御廚不可能弄錯皇帝愛吃的東西怎麼煮。如果出錯，應該是把為了其他嬪妃烹調的東西端來了。

後宮的尚食廚藝精湛，即使是同一份菜餚，也會分別煮成御用與嬪妃用。玉葉妃在餵奶的期間，尚食一直都會提供發奶膳食。

試過了毒，看大家都在吃前菜，看來的確是配膳出錯了。不識大體的里樹妃臉色發青。

（碰到不敢吃的東西了嗎？）

畢竟是皇帝愛吃的東西，不能剩下。

她忍耐著吃下去，夾青花魚片的筷子在發抖。

往她身後一看，負責試毒的侍女閉著眼睛，嘴唇在抖動。貓貓看出她那嘴唇描繪出一絲弧線。

她在笑。

（看到討厭的東西了。）

貓貓拉回視線，接過了下一份菜餚。

如果只是普通的宴席該有多好。

李白覺得自己跟那些從宮殿俯瞰萬民的顯貴之人合不來。

選這種大冷天，在強風刺骨的戶外辦宴會，有什麼樂趣可言？

不，如果只是尋常宴會倒無所謂。若能仿效古法，在桃園中與莫逆之交飲酒食肉，必是人生一大樂事。

○●○

然而換成跟顯貴之人宴飲，就總是伴隨著毒殺的風險。

縱然是珍饈百味、窮盡祕傳廚技的宴會，試完了毒都涼了，美味也減了幾分。

李白並非在責怪試毒人，只是每次他們臉色嚇得發青地慢慢把湯匙送進嘴裡，光是看著都覺得胃痛。

他以為今天又要度過同一段無益的漫長時間。

不過，似乎也並非如此。

平常試毒人都會一邊面面相覷，一邊決定試吃的順序。

但今天似乎有個特別勇敢的試毒人。

這個負責為貴妃試毒的嬌小侍女，看都不看其他人一眼，就晃動著銀杯喝了餐前酒。她慢慢嚥下，然後若無其事地漱了口。

李白正覺得眼熟，就發現是方才給過簪子的一人。她相貌平平，五官端正但缺乏特徵。在美女如雲的後宮宮女當中，恐怕屬於埋沒於萬人之中的一類。

然而那姑娘不帶表情的臉龐，卻又具有某種威懾他人的眼光。

本以為是個不愛理人的姑娘，想不到表情還挺豐富的。

先是面無表情，隨後不知怎地開始竊笑，接著又恢復原狀，然後換成不高興的臉色。

可是試起毒來卻又不當一回事，實在是很有意思。

不知道她接下來會有何種表情？正好可以拿來解悶。

姑娘接過羹湯，以調羹舀起。先用眼睛確認，然後慢慢放在舌尖上。

只見姑娘一瞬間睜大了眼，緊接著忽然露出了痴然如醉的笑靨。

臉頰飛上紅雲，兩眼開始滲出水氣。嘴唇描繪出弧線，半張著的口中，可以看見潔白皓齒與妖媚的舌頭。

女人就是這樣才可怕。

舔掉沾在嘴唇上湯水的模樣，堪稱如成熟果實的名妓笑靨。

那道菜究竟有多美味？

是其中含有某種東西，能令平凡姑娘變得那般妖豔，抑或是宮廷御廚的巧技所致？

就在李白咕嘟一聲吞下口水時，姑娘做出了令他不敢置信的事。

她從懷裡取出手巾貼在嘴上，將吃下去的東西吐了出來。

「此羹有毒。」

侍女再次變得面無表情，克盡己職之後，就消失在布幕的後面。

宴席在一陣騷動之下結束。

十九話　節慶過後

「還真是個活蹦亂跳的試毒人啊。」

貓貓漱完口正在發呆時，神出鬼沒的閒人宦官現身了。

都跑到離宴席這麼遠的地方了，真虧他還能找到自己。剛才接在魚膾之後上的菜裡有人下毒，貓貓將它吐掉，離開了宴席。

（侍女那樣做應該會挨罵吧。）

貓貓行事其實可以再穩便點，但她剛才辦不到。許久沒吃到的毒物十分柔和美味，差點讓貓貓想直接嚥下去。試毒人如果吃毒吃得津津有味，就無法完成自己的職責了。貓貓迫不得已，只好離開宴場。

「壬總管喜氣軒眉。」

貓貓想跟平常一樣面無表情地答話，然而毒素的餘韻讓她表情有點鬆懈。

好像面帶笑容回答壬氏一樣，讓她有點生氣。

「妳才是滿臉喜氣吧。」

貓貓忽然被壬氏抓住了手臂。他看起來倒是沒什麼喜氣。

「總管這是做什麼？」

「當然是要去醫局了。中了毒了還一副沒事樣，可不能當笑話帶過。」

事實上，貓貓是真的好端端的。那一點點毒，只要不吃下去就沒事。

話說回來，如果沒吐掉而是吃下去，不知道如今怎麼樣了？

好奇心令她全身發癢。

此時一定已經全身麻痺了吧。

（真不該吐掉的。）

最起碼希望能獲賜剩下的羹湯。

貓貓試著問了一下壬氏。

「妳是傻子吧？」

結果得到壬氏傻眼的回答。

「還請總管說我是積極進取。」

好吧，以一般情況來說，這種進取心或許不要也罷。

話說回來，平常不必要地大放光彩的壬氏，此時感覺似乎不太一樣。

他頭上插著新的簪子。明明身上穿著跟方才同樣上好的衣服。

不對，衣襟有點凌亂。也就是說發生過會弄亂衣服的事了？原來如此，是這麼回事啊，這個可惡的東西。鐵定是拿天冷當藉口，去做些傷風亂俗之事暖身子了。

甘露般的嗓音有些沙啞，柔和的笑靨也不見了。

（原來一身光彩還能調節的啊。）

還是說是翻雲覆雨得累了？之所以沒赴宴，想必是拐著宮女、文官、武官或宦官去幹什麼了，要不就是反被人拐跑了。

就當作是這樣吧。

真是好興致啊。

（現在這樣看起來倒還好一點。）

雖然依舊是個俊俏小生，不過如今這樣子看來，反而還有幾分像是個年少青年。不，不如說看起來童稚了些。

或許可以拜託高順，下次如果壬氏要來，請他雲雨一番之後再來。

人家會不會聽另當別論。

「都是因為妳離開時看起來一臉沒事似的，害得有人懷疑是否真的有毒，自己試吃了一下。」

「哪個傻子做出這種事？」

毒藥有著不同種類，有些吃了之後，毒性要過一段時間才會發作。

「大臣在那兒發麻。那邊現在為了這事鬧得不可開交。」

原來如此，這下社稷的將來堪憂了。

「難得有這機會，若是能請大臣服食這個就好了。」

貓貓在胸前翻找了一下，拿出一只布袋。是她收在胸墊裡的嘔吐藥，昨晚她勤奮地調製好的。

「我做的這個配方很猛，可以吐到整個胃翻過來。」

「呃，不，這才叫毒藥吧？」

壬氏用受不了她的口氣說。

「我們這邊也有醫官，交給太醫就沒事了。」

貓貓無意間想起一件事，停下腳步。

「怎麼了？」

「小女子有一事相求，想請總管帶一位大人同行。」

貓貓有件事無論如何都想弄清楚。為此，她需要找一位人物過來。

「究竟是誰？」

壬氏皺著眉頭，一臉不解。

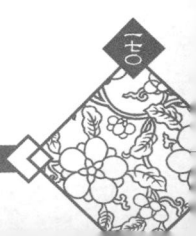

「可否請總管找德妃——里樹娘娘一起過來？」

貓貓用嚴肅的口氣說。

被叫來的里樹妃，對壬氏露出春風滿面的笑靨，對貓貓則是一副「哪來的丫頭？」的白眼。不知道是不是靜不下來，右手頻頻摩娑著左手。

即使年幼，畢竟還是女人。

本來要前往醫局，然而傻瓜高官害得醫局人滿為患，不得已，他們只好轉往無人使用的書房。這樣一比較之下，就會發現後宮與其他地方就連建物都有所不同。樸質無華的大房間，讓里樹妃露出有點鬧性子的表情。

原本那一堆的貼身侍女，貓貓請高順都屏退了，只留下一人。

貓貓用涼開水服下解毒藥。其實不服藥也不打緊，但人家告訴她以防萬一，而貓貓也對別人調配的藥品有興趣，於是就吞下了。號稱解毒藥，其實就是能把胃裡東西全部淨空的嘔吐藥，讓貓貓大吐特吐，好不過癮。壬氏一直用傻眼的目光，看著貓貓邊吐邊露出滿足的神情。竟然目不轉睛地盯著年輕姑娘嘔吐的模樣，果然是個失禮的傢伙。

不同於庸醫，這裡的醫官醫術了得。

貓貓一臉暢快的表情向里樹妃行過一禮。妃子冷眼看著貓貓。

「失禮了。」

貓貓靠近里樹妃。

「！」

她執起妃子的左手，掀起了長長袖管。溫潤如玉的手臂露了出來。

「果然。」

手臂上有著貓貓猜想的東西。

本來應該觸感滑嫩的肌膚起了紅疹子。

「魚貝類當中，有娘娘不能吃的東西吧。」

聽見貓貓所言，里樹妃只是低垂著頭。

「這是怎麼回事？」

壬氏雙臂抱胸問道。

不知不覺間，他又散發出天女般的優雅氣質了。不過沒有平素那種笑臉。

「有些食物不適合某些人吃。除了魚貝類之外，還有雞蛋、小麥、乳製品等等也是。像我就不能吃蕎麥。」

壬氏與高順顯現出明確的驚愕之色。就像在說「妳明明吃毒藥吃得面不改色」。

（不用你們管。）

貓貓有努力試圖適應，卻因為支氣管收縮而造成呼吸困難。而且最根本的問題是，這是吃下之後經胃部吸收而起疹子，所以難以調整份量，好得也慢。因此她死了這條心。

她雖想再找機會試試，但後宮只有庸醫，恐怕試不了。

「妳怎麼知道的？」

嬪妃怯怯地開口。

「先容我問一句，娘娘腸胃有無不適？看起來似乎沒有噁心或痙攣。」

不嫌棄的話，我可以調帖瀉藥——聽到這句話，里樹妃猛搖頭。

在憧憬的神仙中人面前講這種話實在有點過分。貓貓稍微報了一下方才的仇。

「那麼，請坐下聽我說。」

人不可貌相，做事勤懇的高順拉出椅子，里樹妃在椅子上坐下。

「因為娘娘的膳食與玉葉娘娘的對調了。玉葉娘娘不挑食，因此膳食與皇上的御膳菜色幾乎一樣。」

然而第一道菜與第二道菜，用的卻都是不同食材。

「娘娘是否無法食用鯖魚與鮑魚？」

妃子點了個頭。

貓貓沒漏看她背後侍女的慌張神色。

「只有無法食用的人才知道，這並非挑食的問題。所幸這次只起了蕁麻疹，嚴重時甚至會引起呼吸困難與心臟衰竭。換句話說，假如知情卻還故意讓人吃下，等於是下毒。」

下毒兩個字讓旁人起了敏感反應。

「里樹娘娘恐怕是不願掃大家的興，因此不敢啟齒，但這是非常危險的行為。」

貓貓有意無意地讓視線停留在嬪妃與侍女之間。

「還請千萬謹記在心。」

貓貓提出忠告，但未指明對象。

隔了一會兒後……

「也請將此事告知日常膳食的配膳人員。」

貓貓如此拜託壬氏，然而嬪妃與侍女似乎都沒多餘精神傾聽。

貓貓向貼身侍女詳細解釋了危險性，又寫下萬一發生狀況時的治療方法交給她。

侍女臉色蒼白，不住點頭。

（大概就威脅到這裡吧。）

帶來的侍女是負責試毒的女子。

就是那個偷笑的女人。

里樹妃離開後，貓貓注意到後方傳來的黏稠空氣，以及伸出來碰她肩膀的手。

貓貓露出一種看乾掉的蚯蚓都還比較友善的冷漠眼神。

「小女子乃是下賤之人，可以請總管不要摸嗎？」

她委婉地告訴對方：少給我亂碰，你這混帳。

「只有妳才會講這種話耶。」

「那就是大家都在跟總管客氣吧。」

貓貓急步遠離壬氏的身邊。

幾乎令人胃悶的膩人聲音讓貓貓嘆一口氣，尋找高順這帖清涼劑，然而忠心事主的侍從用目光請求著「拜託，妳就忍忍吧」。

「那麼，小女子去向玉葉娘娘稟報了。」

「妳為何特地讓試毒的侍女陪同娘娘？」

壬氏冷不防地一語道破。就是這樣才難搞。

「總管此話是何意思？小女子不懂。」

貓貓面無表情地回答。

「那麼，妳是認為配膳人員弄錯了嗎？」

「這小女子也不知。」

貓貓裝傻到底。

「回答我這個問題就好。所以遭人下毒的是德妃對吧？」

「只要其他盤子沒有下毒的話。」

那就是如此了。

見壬氏陷入沉思，貓貓從房間退下後，靠著牆壁深深嘆了口氣。

二十話　手指

一回到翡翠宮，貓貓立刻受到了無微不至的看護。

不是平常用的那間狹窄房間，而是在空房間的床上鋪好上等被褥，貓貓還來不及應付就被眾人換了衣服扔進房裡。

被褥用的是上好絲綿，跟平常那張只是用粗草蓆疊成的床鋪有著天差地別。

「藥也已經吃了，我身體並沒有哪裡不對勁呀。」

說是藥，其實是嘔吐藥，不過不用講那麼多。

「妳在說什麼呀？後來喝了羹湯的大臣情況可嚴重了。怎麼可能只是吐出來就沒事嘛。」

櫻花神情擔憂地將溼布放在貓貓的額頭上。

（真是個愚蠢的大臣。）

不知道有沒有好好吐出來，做好早期治療？

不管貓貓如何在意，恐怕現在也無法從此處脫身，不得已，她決定閉目養神。

今日真是無益而漫長的一天。

貓貓似乎累積了不少疲勞，到了近正午才醒來。

作為一個侍女，這樣實在不應該。

貓貓起床換好衣服，決定去找紅娘。

（在那之前……）

她回到自己的房間，找出平常用的白粉。說是白粉，但並非大家使用的那種純白妝粉，而是用來畫出平素那些雀斑的粉末。

貓貓以磨亮的銅板為鏡，用指尖在黥面處周圍輕輕拍打。鼻翼上面特別塗厚一點。

（事到如今才恢復原本面貌也怪怪的。）

還得一一向人說明，太麻煩了。

貓貓想過或許可以乾脆當成她化妝把雀斑遮住了，但這樣又很難為情。八成每次一被人問到，都會得到好像她初次通過女子必經之路的反應。

她肚子餓了，於是吃了點心剩下的一個月餅。如果可以，她很想擦擦身體，但沒那多餘時間。她急步前往大家所在之處。

紅娘正待在玉葉妃身側照顧公主。

她似乎必須隨時盯緊到處爬動的公主，有時幫公主移動位置以免爬出地板鋪布，有時按住椅子不讓它倒下，好讓公主練習站立。真是個挺調皮的女娃兒。

「小女子睡過頭了，請娘娘恕罪。」

貓貓深深行了一禮。

「妳今天可以歇著沒關係的呀。」

玉葉妃一臉傷腦筋地以手貼頰，偏著頭。

「這怎麼好意思。娘娘有事請任意吩咐。」

說是這樣說，事實上她們平常都讓貓貓自由行動，所以大概她在不在都沒差。

「雀斑……」

玉葉妃問到貓貓不太希望被人提到的問題。

「沒有雀斑小女子靜不下心，可否維持這個模樣？」

「那倒也是。」

很意外地，娘娘輕易就讓步了。

貓貓表情狐疑地看著娘娘。

「大家都在追問我那個侍女究竟是何人，弄得我好辛苦呢。」

「娘娘恕罪。」

這個侍女不但忽然說有毒，而且還擅離宴席，大家想必都心有不快吧。貓貓本來以為會受罰而暗自捏了把冷汗，看來是沒有要怪罪下來，鬆了口氣。

「現在這張臉的話一眼是認不出來的，省事多了。」

貓貓本以為自己行動已經夠穩便了，看來並非如此。

究竟是哪裡做錯了？

「還有，高順一大早就來了，怎麼辦？我看他似乎閒著沒事，所以讓他在外面拔草。」

（拔草……）

吩咐這種事的人很離譜，但乖乖照做的人也半斤八兩。還是說是他自願的？

貓貓記得高順是個頗有地位的高官，但也果然是個勤懇的男子，一定緊緊抓住了其他侍女的心吧。特別是年近三十的紅娘，貓貓覺得她的眼睛似乎虎視眈眈。她由於做事太利索，可能天生比較難吸引男子。面容姣好，性情卻偏偏如此。

「可以請娘娘將起居室借小女子一用嗎？」

「好，我這就叫他過去。」

玉葉妃從紅娘手中接過了公主。

紅娘就離開房間去叫高順。

貓貓本來覺得她自己去叫就行了，但被玉葉妃伸手制止，於是就這樣直接前往起居室。

「壬總管要給妳這個。」

高順一來倉促寒暄兩句，就把一只布包放到了桌上。

打開一看，裡面是以銀器盛裝的羹湯。

不是貓貓吃過的那碗，而是本來要給玉葉妃吃的東西。

壬氏昨天明明已經拒絕，結果還是謹慎地送來給貓貓了。貓貓一方面覺得壬氏做事很有規矩，一方面也知道他是要自己做點檢查，於是收下。

「請勿食用。」

高順神情一本正經地看著貓貓。

「我不會吃的。」

（因為銀器很容易腐蝕。）

氧化了不好吃。

高順想必不知道貓貓有其他理由不會喝湯，疑心很重地看著她。

貓貓注意著不要直接碰到器皿，端起銀器，瞇起眼睛仔細看了一下。

不是看銀器裡的東西，而是器皿本身。

「能看出什麼嗎？」

高順湊過來看。

「有人直接用手拿過這個嗎？」

「沒有，只用調羹舀過裡頭的東西看看是否有毒。」

可能是絲毫不想用手碰到毒物，高順說他沒摸，而是直接用布包好。

聽到這句話，貓貓開心地歪著嘴唇。

「原來如此。請稍候片刻。」

貓貓離開起居室，然後前往廚房，翻翻找找後拿出一樣東西。

接著前往方才睡覺的寢室。她低頭跟上等褥子賠不是，拆開布料之間的縫線，拿出裡頭的填充物回到起居室。

貓貓拿來的東西，是白色粉末與看起來很柔軟的棉花。

貓貓將棉花揉成一團，然後沾上粉末，在銀器上輕拍了幾下。

高順偏著頭，湊過來看。

「這是？」

器皿上留下了粉末痕跡。

「是人手摸過的痕跡。」

人的指尖容易出油，碰到金屬等物體時會留下痕跡。容易腐蝕的銀食器想必更明顯。

以前阿爹為了預防貓貓惡作劇，曾經在不准觸摸的容器上沾過染料。

貓貓以那件事為參考，靈機一動嘗試之下，想不到還真的成功了。若是粉末顆粒再細一點，想必能顯現得更清晰。

「銀食器在使用前一定會用布擦過，因為若是有汗漬就沒意義了。」

食器上沾附了幾個手指印。

從手指粗細與位置，似乎至少能推測出是怎麼拿的。

（紋路就實在看不清楚了。）

「端起銀器的人……」

貓貓講到一半，心頭一驚。

高順可不會漏看這個反應。

「怎麼了？」

「沒有。」

講拙劣謊話隱瞞高順也沒意義。雖然昨日的掩飾全都會變成白費，但也莫可奈何。貓貓小小地嘆了口氣。

「恐怕總共有四人摸過這個銀器。」

貓貓指尖不碰到銀器，指著白色紋路說。

「擦食器的人不會用手指去碰，因此我想應該是盛羹湯者、配膳者、德妃的試毒侍女，以及另外一個不知名人士的指紋。」

高順抬起精悍的臉龐看著貓貓。

「試毒侍女為何會碰到？」

貓貓想盡量不引起風波。

這就要看這名沉默寡言的男子器量如何了。

「很簡單，因為想必是試毒侍女故意對調的。」

那侍女知道德妃不能吃什麼，還故意對調膳食。而且帶著明確的惡意。

貓貓放下了銀器。

臉上閃過一絲苦澀。

「是一種欺凌行為。」

「欺凌……」

高順露出不敢置信的神情。

可想而知。侍女絕不可對上級妃子做出此種事情，不應該發生這種事。

「高侍衛似乎不敢相信呢。」

假如高順無意知道，貓貓也不想講。

她不喜歡憑主觀臆測來論事。

但是為了解釋侍女為何會碰到器皿，必須提起這件事。

貓貓決定正直地闡述意見，而不是加些笨拙的馬虎眼。

「可以請妳解釋給我聽嗎？」

高順雙臂抱胸看著她。

「我明白了。我得先聲明，這不過只是我的臆測。」

「我明白。」

貓貓先從里樹妃的特殊立場闡述起。

里樹妃小小年紀就成了先帝的妃子，很快地又被迫出家。

許多女子受到的教育都說夫唱婦隨，越有教養的女子越偏重這點。

也就是說縱然是出於政治策略，里樹妃改嫁給過世丈夫的兒子就是無德。

「高侍衛看過里樹妃在園遊會上的穿著了嗎？」

她穿著搞不清楚自己立場的華麗濃桃色衣裳。

「……」

見高順沉默不語，想必那事在他周圍也沒什麼好評價。

「很不識大體，對吧？」

然而里樹妃的貼身侍女，都穿著以白色為主的衣裳。

「一般來說，侍女應該會勸妃子穿上像樣的服飾，或是配合妃子穿衣服。但當時那個樣子，里樹妃看起來簡直如同丑角。」

侍女應當尊敬主子。這是紅娘時常告誡其他侍女的話。而在參加園遊會之際，從櫻花說過的話也能清楚知道這點。就是為了做主子的陪襯，侍女應該穿得樸素。

從這點來想，雙方侍女之間為了里樹妃的服飾爭吵，可能就有了別種解釋。

（淑妃的侍女是在勸誡里樹妃那些不像話的侍女。）

年少無知的里樹妃，必然是受到侍女一番吹捧，說穿起來好看，就穿上了那套衣裳。

毫無疑心。

明明在後宮當中，旁人全是敵人，只有侍女可以信賴。但假如那些侍女利用這一點，讓主子出醜的話……

「不只如此，侍女還調換膳食，想讓里樹妃為難？」

高順確認性地問道。

「是的。但也因為這樣而撿回了一命。」

毒物也有各種類別，有的毒物雖然凶猛，但要經過一段時間才會生效。

換言之，假如沒有掉包，試毒侍女會以為沒事，里樹妃就吃下去了。

「真是惡劣的手法。」

（臆測就到此為止。）

貓貓再次端起銀器，指著說：

「這應該是下毒者的指紋。我想那人是按著邊緣，將毒物和入其中的。」

不可碰觸食器的邊緣。這也是紅娘教的，說是要讓尊顯之人嘴唇碰觸的地方，不能用手指弄髒。

「我的見解就是這些了。」

高順摸摸下巴，看著銀食器。

「可以問個問題嗎？」

「高侍衛請說。」

貓貓包好食器，交給高順。

「妳為何試著袒護那個侍女？」

貓貓狐疑地看著他，高順對她補充一句：「只是好奇。」

「比起嬪妃，侍女的性命卑微渺小。」

更別說是試毒侍女。

高順似乎明白了貓貓想說什麼，輕輕點個頭。

「我會好好向壬總管說明。」

「謝高侍衛。」

目送高順離開後，貓貓重重坐到了椅子上。

「就是啊，得謝謝人家才行。」

（感謝她特地幫我換過來。）

那時還是應該吃下去的——貓貓同時心想。

○●○

「……就這些了。」

高順代替事務繁忙抽不了空的壬氏去翡翠宮打聽消息後，回來向主子報告。

壬氏撩起了頭髮，心裡恍然大悟。

桌上堆滿了文書，等著捺印。在只是寬敞而空無一物的書房裡，只有自己與高順兩人。

「每次聽都覺得你好會說話啊。」

「是嗎？」

精悍的侍從冷淡地說。

「怎麼想都是內賊呢。」

「就狀況而論確實如此。」

高順眉頭緊鎖地說。講得倒輕巧。

壬氏覺得頭痛。

真想放棄思考。

畢竟從昨日起，他連睡覺的閒暇也沒有。

也沒能換件衣服。

好想原地跺腳。

「總管快掩飾不住本性了。」

壬氏臉上沒有平素的甜美笑容。大概就像他這年紀的孩子一樣在鬧性子吧。

看在高順眼裡似乎是一清二楚。

「反正沒別人在，這有何妨？」

壬氏觀察嚴格的輔佐人的神情。

「有微臣在。」

「就當你是附帶的。」

「不可。」

壬氏試著打趣，但對這個一板一眼的男人沒用。

打從出生就讓同一個人照顧著，也實在是件麻煩事。

「簪子還插在頭上。」

高順指指壬氏的頭。

「哎喲，糗了。」

平常他不這麼說話的。

「頭髮遮住了，應該沒人發現。」

壬氏拔掉深深插入髮中的簪子，出於巧匠之手的鏤花透雕露了出來。

這種似鹿又似馬的傳說動物名為麒麟，被認為是聖獸之長，配戴此種靈獸的飾品，足以證明此人位尊勢重。

「麻煩你啦，收好。」

壬氏把那簪子隨手扔給高順。

「請總管小心保管，這可是重要的物品。」

「我知道啦。」

「您不知道。」

訓斥夠了之後，十六年來的輔臣離開了書房。

壬氏維持著孩子氣的神情，趴到了桌上。

還多的是公務要辦。

得早點撥出時間才行。

「幹活吧。」

他伸個大懶腰，拿起毛筆。

為了當個閒人，得先把公務處理完畢才行。

二十一話　李白

看來那件毒殺事件引發了不小風波。

小蘭死纏活纏地追問貓貓。

洗衣小屋後面成了下女閒扯淡的場所。她們在那裡坐在木箱上，吃著整串的糖葫蘆。小蘭吃刷上糖水的山楂似乎吃得不亦樂乎。

（她應該想不到我就是當事人吧。）

小蘭嘴裡塞滿山楂擺動雙腳的模樣，比實際年齡看起來更童稚。

聽說她也是被賣進來的，但貧窮農村出身的小姑娘似乎非常滿意於現在的生活。開朗又健談的姑娘，比起被雙親賣掉的事情，似乎比較重視能不能溫飽。

「是貓貓那邊的侍女吃了毒羹，對吧？」

「是沒錯。」

貓貓沒說謊，只是也沒說真話。

「我搞不太清楚，只是大家都在討論她是誰。沒問題吧？」

「沒問題。」

貓貓不知道什麼事沒問題，總之先表示肯定再說。

貓貓莫名地感到坐立難安，於是一再支吾其詞，結果小蘭嘟起了嘴，似乎覺得拿她沒辦法。

小蘭拿著只剩一顆山楂的竹籤晃啊晃的，猶如血赤珊瑚的珠簪。

「那我問妳，妳有沒有拿到簪子啥的？」

「算是有。」

包括禮貌性的在內，總共四支。貓貓把玉葉妃的首飾也算了進去。

「這樣啊，那妳可以出宮嘍。」

小蘭無憂無慮地笑著。

（嗯？）

貓貓覺得好像聽見了不能置若罔聞的事。

「妳剛才說什麼？」

「咦？妳沒有要離開這裡嗎？」

貓貓這才想起，櫻花講到她耳朵都要長繭了。

是她自己當作耳邊風的。

貓貓托著頭，覺得自己真是失敗。她搖搖頭責備自己。

「怎麼啦？」

貓貓看了看一臉狐疑地望著自己的小蘭。

「關於這件事，跟我說詳細一點。」

看到貓貓表現出罕見的積極態度，小蘭挺起胸脯。

「包在我身上。」

愛聊天的姑娘告訴了貓貓如何使用簪子。

○●○

李白在練武之後，得知有人找他。

他一面擦汗，一面把磨鈍的劍交給部下。練武場中飄散著帶汗臭味的熱氣。

文弱的宦官將木簡與女用簪子交給了李白。附有桃紅珊瑚珠飾的簪子，只不過是之前送出去的幾支簪子之一罷了。

他以為對方應該知道這是做個禮貌，不會當真，看來也不一定。

雖然不好意思讓女子受辱，但讓人家當真了也很麻煩。

不過假如是位美女，那就可惜了。

李白一邊想著如何委婉拒絕，一邊看看木簡。

「翡翠宮貓貓」。

上面寫著這幾個字。

翡翠宮的宮女只有一人收到這簪子。

就是那個不愛理人的侍女。

李白一邊滿腹懷疑，一邊準備更衣。

後宮基本上是男性止步的。

並未受過閹禮的李白，當然是禁止進入這個御花園的。他今後也不會進去，要是有那機會就傷腦筋了。

雖然是如此可怕的處所，不過只要獲得特別許可，倒是可以叫出裡頭的宮女。

方法就是使用這支簪子。這是其中一種手段。

李白借用中央門的哨站，等他叫的人出來。

不怎麼寬敞的房間裡有兩人份的桌椅，兩側門前各站著一名宦官。

從後宮那邊的門，出現了一名瘦小的宮女。

宮女鼻子周圍覆滿了雀斑與黑斑。在美女如雲的後宮，難得看到這麼不顯眼的姑娘。

「妳是何人？」

「常有人這麼問。」

愛理不理，講話平淡的宮女，用手掌遮起了鼻子附近。一張熟悉的面容出現了，就是她叫李白來的。

「有沒有人說過妳化妝前後判若兩人？」

「常有人這麼說。」

姑娘並不顯得不悅，只是當成事實接受。

李白姑且能理解她就是那名試毒侍女。

但看到這張滿是黑斑的臉，跟那副妖豔的娼妓笑靨就是搭不起來。

真是太不可思議了。

「不過，竟然又把我叫出來，妳知道這代表什麼意思嗎？」

李白雙臂抱胸，並翹起二郎腿。

大塊頭武官倨傲地當面坐著，嬌小的姑娘卻毫不畏縮地說：

「小女子有意返回故里。」

她不帶感情地說了。

李白用力抓頭。

「妳的意思是要我幫忙？」

「是的，小女子聽說只要有人作保，就能暫時返鄉。」

這姑娘講話真是驚世駭俗。

李白真想問問她究竟知不知道這原本代表什麼意思。

看來這個名叫貓貓的姑娘，是想利用自己返鄉。這並不是可以找武官做的事。

該說她大膽無畏，還是不要命了？

李白以手撐著腮幫子，用鼻子哼了一聲。

就算有人說他態度惡劣，他也絲毫無意改進。

「怎麼？小姑娘是要我活該讓妳利用？」

李白雖是人們口中的好漢，但瞪起人來，一張臉倒也挺凶惡的。

凶到當他責罵偷懶的部下時，連不相關的人都會跟他賠罪。

然而貓貓卻連眉毛都沒動一下，只是無動於衷地望著他。

「不，小女子這邊應該也能提供一點薄禮。」

貓貓將捆起的木簡放在桌上。

看起來像是引介信。

「梅梅、白鈴、女華。」

是女子的名字。李白有聽過這些名字。不，不只李白，很多男子應該都知道這些名字。

「大人不妨到綠青館賞花作樂。」

綠青樓是一晚就要花掉一年銀兩的高級青樓。方才那些名字，是此青樓人稱三姬的當紅名妓。

「大人若擔心，只要拿出這個對方就知道了。」

姑娘對李白露出只歪著嘴唇的笑臉。

「妳說笑的吧？」

「請大人確認。」

實在教人不敢置信。

難以想像區區一個侍女，竟然在高級官僚都難以出手的青樓有人脈。

這是怎麼回事？

李白一頭霧水，又抓了一遍腦袋時，姑娘忽然嘆了口氣站起來。

「怎麼了？」

「看來大人似乎並不相信。抱歉讓大人跑這一趟。」

貓貓迅速從胸前取出某種東西。那是兩支簪子，一支是紅水晶的，一支則是銀簪。莫非她還有其他人能倚靠？

「抱歉驚動大人了。小女子這就另請高明。」

「等等，等等等！」

李白按住貓貓作勢要拿走的木簡。

面無表情的貓貓，眼睛正看著李白。

「大人意下如何？」

姑娘用威嚇對手般的銳利視線望著李白。

李白認輸了。

○●○

「這樣好嗎，玉葉娘娘？」

紅娘從門縫看著貓貓。她整個人神采奕奕，開開心心地正在整理行囊。

本人竟然還以為自己跟平常並無二致，真令人費解。

「哎，也不過就三天嘛。」

「是這樣沒錯。」

紅娘抱起了想自己抓著傢俱站起來的公主。

「只是，她絕對沒弄清這當中的意思。」

「是呀，可想而知。」

其他侍女都在跟貓貓賀喜，但本人似乎沒弄懂狀況，還悠哉地回答：「我會買伴手禮回來的。」

玉葉妃站到窗邊，望著外頭。

「真是，可憐的是那孩子啊。」

娘娘雖然呼地嘆一口氣，臉上卻浮現淘氣的笑意。紅娘沒漏聽玉葉妃低喃的一句「真好玩」。

這下恐怕又要鬧個天翻地覆了，真可怕。

當壬氏好不容易處理完公務閒下來，造訪翡翠宮時，貓貓早已於前一天出發了。

二十二話　返鄉

貓貓成天說著想回來的煙花巷，並不是多遠的地方。

雖然一座後宮就有一座城鎮那麼大，但京城卻將這兩種地方都圍在裡頭。

煙花巷就在宮廷的相反方向，只要能越過高牆與深溝，走路就到了。

（乘馬車去太奢侈了。）

坐她旁邊的大漢李白手握韁繩，正在哼歌。

因為他給人看過木簡，知道貓貓說的是真的。能見到憧憬的名妓，真有這麼讓人高興？

說是娼妓，卻不能與窯姐兒等同視之。

有人賣春，也有人賣藝。

越是人們口中的當紅名妓，越是極少接客。目的是藉此提高珍稀價值。

喝一杯茶就得支付大把銀子，更遑論一夜春宵了。

如此受人崇拜的存在，會變得如同當紅炸子雞，成為市民的憧憬對象。

街坊姑娘當中，有些人甚至嚮往此道而請求進入青樓，即使只有少部分人能爬到那種地位。

綠青館在京城煙花巷中屬於老店，聚集了從中級到最高級的娼妓。

而在最高級的娼妓當中，有幾人被貓貓稱為小姐（姊姊）。

從轔轔搖晃的馬車中，可以看見懷念的風景。

貓貓魂牽夢縈的串燒店，散播了滿街的焦香味。

水路旁柳枝搖曳，賣柴人沿街叫賣。

孩子們一手拿著風車跑來跑去。

穿過奢華氣派的大門，眼前就是一片色彩繽紛的世界。

畢竟還是中午，上門的客人不多，但有閒來無事的青樓女子從二樓欄杆招手。

馬車在門面堂皇的樓閣前停了下來。

貓貓腳步輕快地下了馬車，跑向站在門口的老婆婆。

「好久不見了，嬤嬤。」

她對銜著煙管的乾瘦老婦說道。昔日人稱落淚如珍珠的的青樓女，如今眼淚早已枯乾，化做一棵枯樹。她拒絕贖身，賣身期滿仍繼續留在妓院，現在成了誰都敬畏三分的老鴇。真是歲月不饒人。

「誰跟妳好久不見啦，妳這笨丫頭。」

貓貓的心窩受到一陣撞擊。胃液倒流，嘴裡發酸的感覺竟然令她懷念，實在不可思議。
以前貓貓用這種方法，不知道吐出過幾次攝取過多的毒物。
基本上算個好好先生的李白不明就裡，撫摸著貓貓的背。
表情在說「這個阿婆是誰啊？」。
貓貓用腳尖踢土，蓋住弄髒的地面。
身旁的李白擔心地看著貓貓。
「哦——這人就是那個貴客？」
老鴇品頭論足地瞧著李白。
馬車交給店裡的男傭去顧了。
「體格不錯啊，相貌也俊。而且聽說你官運亨通不是？」
「嬤嬤，這話不該當著本人的面說吧？」
老鴇故作糊塗，把門前打掃的見習娼妓——娼妓的婢女叫來。
「去叫白鈴過來。她今天應該在磨茶才對。」
磨茶就是休息的意思。因為娼妓在沒客人上門時會以臼磨茶，而有此種說法。
「白鈴……」
李白喉嚨發出咕嘟一聲。白鈴是天下聞名的娼妓，據說擅長舞蹈。

為了捍衛李白的名譽，有件事得先聲明，就是這種反應並不是對煙花女的低俗情慾，而是憧憬之情。

因為僅僅只是能當面見到高不可攀的紅人並且同座飲茶，都是一種名譽。

（白鈴小姐啊……搞不好真的可以有個萬一喔。）

只要符合白鈴的喜好，她應該會表現得特別賣力。

「李大人。」

貓貓戳了戳在身邊發楞的大漢。

「大人對自己的肱二頭肌有自信嗎？」

「我聽不太懂，不過我自認為有在鍛鍊體魄喔？」

「這樣啊，請您好好表現。」

丫鬟領著偏頭不解的大漢離開了。

貓貓很感謝李白帶她來到這裡。所以她還是想奉贈些相應的謝禮。

若能度過一夜春宵，想必能成為一生的回憶。

「貓貓。」

低啞嗓音的主人，臉上浮現著可怕的笑意。

「妳竟然敢十個月不見人影，連個音信都沒有。」

「沒辦法啊，我在後宮當差。」

貓貓已寫過木簡，解釋了大致上的情形。

「這兒本是不接生客的，我可是特別照顧妳啊。」

「知道啦。」

貓貓從懷裡取出一只袋子。

這是至今在後宮當差賺到的一半薪俸，她特別請人家先付給她的。

「這麼點兒不夠喔。」

老婆子看了看袋子裡說。

「我沒想到妳會派白鈴小姐啊。」

高級妓女的話作個一夜美夢應該都還能找零。李白想必也只要能看上三姬一眼，就心滿意足了。

「如果只是喝個茶，能不能勉強算我便宜點？」

「笨丫頭，看到他那胳膊腕子，白鈴哪有可能只看不碰啊。」

（我想也是。）

雖說最高級的娼妓不賣身，但並非不談戀愛。

哎，總之就是這麼回事。

「那要算不可抗力……」

「算妳個頭。我可會好好記在帳上。」

「我付不出來啦。」

（就算把剩下的加進去也不夠耶，怎麼想都不夠。）

貓貓陷入沉思。怎麼看都是強詞奪理，雖然司空見慣了。

「這有什麼，真付不出來，用身體支付也就是了。只不過是從官衙轉到窯子罷了，沒什麼不同啦。即使像妳這種瑕疵品，也還是有好事者喜歡的。」

這幾年來，老婆子有事沒事就勸貓貓成為娼妓。這個把一生奉獻給煙花巷的老婆子，完全不認為娼妓是一種不幸的行業。

「我還得再當差一年耶。」

「那就多找點貴客過來。不要老頭子，要像剛剛那種能長期而適度地榨取的。」

（嗯——果然會被削一筆啊。）

貪婪的老婆子滿腦子就只會精打細算。

貓貓已經受夠了賣身，因此今後只能適度送些犧牲品來了。

（宦官也能成為尋芳客嗎？）

她想起壬氏的臉，但那人不行。娼妓會認真起來，搞不好反而會把店給搞垮，不成。

但是找高順或庸醫來又覺得似乎於心不忍。她不想讓老鴇榨取他們的錢。

無處可以認識男子真不方便。

「貓貓，老頭子應該在家裡，妳快去吧。」

「嗯，知道了。」

就算想破了頭，目前也想不到解決辦法。

貓貓穿過綠青館的小路。

穿過一條馬路，煙花巷頓時變得冷冷清清。

路旁林立著簡陋小屋，還有等著破碗裡堆起幾枚錢的乞丐或看得到梅毒痕跡的夜鶯。

其中一間四壁蕭條的小屋就是貓貓的家。

在僅有兩個泥土地房間的窄小民房裡，有個人駝背坐在草蓆上，用乳缽磨東西。

是個滿臉深皺紋，輪廓柔和，有如老婦的老翁。

「我回來了，阿爹。」

「哦，這麼晚才回來啊。」

阿爹一如往常地招呼貓貓，好像沒事似的，步履蹣跚地準備茶水。

他拿個舊茶杯泡茶，於是貓貓喝了。雖然茶葉已泡到無味，但很溫暖，讓人全身放鬆。

貓貓一點一滴說起至今的遭遇，阿爹只是邊聽邊應聲。

吃過用藥草與芋頭增量的粥後，貓貓決定早早就寢。洗澡就等明日到綠青館還是哪裡借浴室洗吧。

貓貓在泥土地鋪上粗草蓆做成的簡陋眠床上縮成了一團。

阿爹幫她蓋上幾件上衣，邊磨乳缽邊留心不讓爐火熄滅。

「後宮啊。這就是命吧。」

阿爹的喃喃自語，慢慢消失在睡意的深處。

二十三話　麥稈

（對了。）

貓貓在雞鳴聲中醒來，慢吞吞地走到了破房子外頭。屋子後頭有一小間雞舍與農具，另擺著木箱。看鋤頭不見蹤影，阿爹大概早就下田去了。他在距離煙花巷不遠一座林子的旁邊弄了塊田地。

（腳明明不方便。）

而且年紀也大了，貓貓希望他別再做農活，但阿爹怎樣也不肯。他就是喜歡用自己細心栽培的藥草調藥。因此這間屋子周圍，也長滿了奇形怪狀的草類。

貓貓捏捏藥草檢查生長狀態，然後看看悄悄擺在那兒的木箱。看到那個用毛筆大書警告語「不准碰」的箱子，貓貓吞了一口口水。

她心臟撲通撲通直跳，慢慢推開蓋子看看裡頭。假如貓貓記得沒錯，裡面應該裝了泡酒的材料。她還記得那東西生龍活虎，費了她一番工夫才捉到。

「……」

然後，貓貓裝作什麼事也沒發生。如同「不准碰」的警告語所示，大家似乎都沒碰過。任何事情都要往好方面想，一定是本來就只有一條。就當作是這樣有什麼不好？假如放了好幾條在裡面，搞不好反覆經過幾次同類相食，就養出蠱毒來了。

（不，那樣也不壞。）

「會敲壞的。」

正在想這些事情之時，就聽到有人猛敲門的聲音。貓貓一邊搔頭一邊繞到屋子前面。

敲打關不好的門扉的丫鬟一臉慌張。不是綠青館的姑娘，而是別家娼館的見習娼妓，偶爾會來貓貓的藥舖。

「怎麼了？找阿爹的話他好像不在。」

貓貓邊打呵欠邊說，結果小丫頭抓起貓貓的手要她跟著來，就把她拉走了。

貓貓被帶到離綠青館稍有距離的中堅娼館。規模雖然不大，貨色倒是不錯。在她記憶中，這裡有幾名娼妓有好老爺（恩客）關照。

那麼那裡的小丫頭，究竟想帶貓貓去看什麼？

貓貓把一頭亂髮綁成一束，拍了拍衣服的皺痕。沒換上寢衣就直接就寢，不知算是好還是不好。她原本想晚點借綠青館的浴室洗澡的。

「小姐，我帶開藥舖的來了！」

小丫頭帶著貓貓從後門進入娼館，走向一個房間。那裡有一群面帶倦容的女子，妝也沒化，神色不安地圍著某處。一看，一對男女躺臥在褥子上，嘴巴不住地流口水。被子上有吐過某物的痕跡。

附近掉了支煙管，菸草葉散落在地。地上還有幾根秸稈，近處有個破裂的玻璃酒器。裡面的液體都灑了，在褥子上形成水漬。獨特的氣味充斥四下。兩只酒瓶倒在地上，裡面的液體也灑了。兩種顏色的水漬將被子塗抹成了奇異繪畫。

貓貓一看到這些，惺忪的眼睛立刻清醒過來。她撐開男女雙方的眼皮，把過脈，將手指塞進他們的嘴裡。在場的人似乎已經做過處理，一名娼妓的手指被嘔吐物弄髒了。

貓貓按壓沒了呼吸的男子的心窩，把肚子裡的東西擠出來。男子一嘔出唾液，貓貓立即將褥單拉過來，擦拭口腔內部。接著她挪動姿勢，往男子嘴裡吹氣。

可能是看到了貓貓的做法，一名娼妓也學著按壓倒地女子的心窩。女子跟男子不同，還有呼吸，因此很容易就把東西嘔了出來。娼妓看到，正想拿水給她喝。

「不要讓她喝水！木炭，去準備木炭！」

然而貓貓一叫，娼妓嚇得打翻了裝水的容器，急忙沿著走廊跑遠了。

讓男子嘔吐，嘴對嘴吹氣，按壓胸膛，不知道重複了幾次此種動作。男子口裡冒出了大量胃液，這才終於恢復了呼吸。

貓貓累壞了，用人家拿給她的水漱口，然後呸一聲吐到了窗外。

（一大早的，到底是怎麼搞的啦。）

貓貓連早飯都還沒吃，巴不得能直接睡回籠覺，但她忍著搖搖頭，把娼館小丫頭叫了過來。

「麻煩妳去找我家阿爹過來。他應該在南邊外牆旁的田裡。只要把這拿給他，他就知道了。」

貓貓請人準備木簡，在上面流暢地寫了幾個字後交給小丫頭。小丫頭一臉複雜地拿著它出去了。

貓貓這次將水含在嘴裡喝光，接著開始弄碎請人準備的木炭。

（真會找麻煩。）

貓貓一邊瞪著掉在地上的菸草葉，一邊大大地嘆了口氣。

等了兩刻鐘，不便於行的老人才被小丫頭帶了過來。貓貓一邊覺得時間花得真久，一邊把細細搗碎的木炭拿給阿爹看。阿爹拿起幾種曬乾的藥草，和著炭粉給這對男女服下。

「處理得還算可以吧。」

阿爹如此說完，拾起掉在地板上的麥稈，仔細觀察它的前端。

「只是還可以啊。」

貓貓觀摩阿爹一絲不苟的做事方式。他拾起掉在地板上的玻璃碎片與菸草葉，然後觀察最早吐出的嘔吐物。

（……）

貓貓有觀察周圍的習慣，可以說是她這阿爹造成的影響。她這身兼藥舖師父的養父，是個能聞一以知二、知三的人。

「妳認為這是什麼毒藥？」

阿爹的這種說話方式，是想讓貓貓學到一些事情。

貓貓拾起掉在地上的菸草葉，拿給阿爹看。阿爹就像在說「答對了」，笑得臉上皺紋更是深陷。

「妳似乎沒讓他們喝水啊？」

「這種情況喝水不是適得其反？」

聽貓貓如此說，阿爹的頭偏成曖昧的角度，又像點頭又像搖頭。

「要看情況。有時胃液會抑止毒素的吸收。在這種情況下，餵其飲水則適得其反。不過，假如是從一開始就以水調和的毒藥，或許反而應該稀釋。」

阿爹就像在教小孩子一樣，講解得仔仔細細。貓貓至今仍然認為自己不是獨當一面的藥師，大概就是因為有阿爹在。庸醫比外貌看起來更像庸醫，或許也是因為她一直看著阿爹這號人物。

貓貓看到嘔吐物裡沒有混雜著菸草葉，覺得阿爹說的方法或許才是對的。這並不是注意不到的事，貓貓卻自己看漏了。大概是還在睡昏頭吧。

貓貓正把這種方法記在腦子裡時，小丫頭說「這邊請」拉了拉貓貓的衣襬。她總覺得小丫頭的神色看起來莫名地不悅，不知是不是她多心了。

貓貓照人家說的，移動到備好茶水的房間。

「抱歉了。」

看得出來早已洗淨鉛華的女子，一邊切開金時地瓜一邊說。想必是這家娼館的老鴇吧。不同於小氣巴拉的綠青館老鴇，竟然拿待客的茶點招待藥鋪，還真是大方。

「我們就是做這行的。」

貓貓只要能拿到蹦子就沒意見。坐她旁邊的阿爹性情好，容易忘事，因此必須由貓貓一文不少地索取。

女子瞇細眼睛看著隔壁房間。那裡睡著娼妓，再遠一點的房間則睡著男客。女子的表情抑鬱寡歡。

（那是殉情嗎？）

這在煙花巷不是稀奇事。無錢贖身的男子碰上尚未期滿的女子，就只會想到這種事。就算講得再怎麼好聽，相約來世再續前緣，也沒有任何例子能保證確有此事。

貓貓邊吃人家端給她的金時地瓜邊想。茶是溫的，旁邊附上了麥莖。

（講到這個，房間地上也有麥稈。）

麥莖是中空的，好像是要拿這個當吸管喝茶。這家娼館不喜歡讓器皿沾上胭脂，因此似乎習慣以麥稈喝茶。

話說回來，兒女之情真是件麻煩事。

男子一身穿著都是上好料子。雖然看起來像個浪蕩子，但衣服使用上等棉布製成，裡子縫工紮實。相貌也很俊美，情竇初開的姑娘恐怕三兩下就上鉤了。

阿爹可能會罵貓貓不該用偏見思考事情，但貓貓不覺得那人會憂心於與娼妓無法修成正果就服毒。

（看起來不像是被逼到非得尋死。）

貓貓這人就是只要一在意起來，非得查個水落石出才肯罷休。

「我去看看他們的病情。」貓貓確定阿爹向女子收了錢後，說完就離開了房間。

比起娼妓，男子的病情嚴重多了。貓貓走向天井對面的男子房間，發現房門開了條縫。她從門縫看見了異狀。

有個小丫頭高高舉起了小刀。正是方才那個滿臉不悅的丫鬟。

「妳這是做什麼！」

貓貓衝進房間，馬上搶走了小丫頭手裡的小刀。

「不要妨礙我！這種人死有餘辜！」

小丫頭撲向貓貓，想搶回小刀。由於貓貓個頭嬌小，縱然對手是個小孩，被對方拚命撲過來也可能敵不過。不得已，貓貓只好賞她一記鐵頭功，趁她畏縮時揮了她一巴掌。小丫頭被打得摔到地上後，就開始涕淚交加地嚎啕大哭。

貓貓正在嫌麻煩時，聽到騷動的其他娼妓都進到房間裡來。

「妳……妳們這是在做什麼！」

娼妓似乎當下就弄懂了狀況，貓貓還來不及說什麼，就被帶到其他房間了。

據說此次引發殉情風波的男子，原本就是個常惹事生非的客人。此人是富商的三公子，長相俊美，聽說每每對娼妓甜言蜜語，暗示要為對方贖身，等玩膩了就始亂終棄。而在遭到拋棄的娼妓之中，也有人無心戀世而自盡。此人招人怨恨不是一兩次的事了，聽說還曾經在路上險些遭到怨氣難平的女子刺殺，或是被人下毒。又因為作父親的疼愛寵妾生下的兒子，有什麼事都用銀兩擺平，讓此事更加難辦。據說最近他甚至央求老子，上娼館都要帶著護衛。

「這孩子的姊姊在別家店做事。」

熟知內情的娼妓一邊輕撫不停哭泣的小丫頭，一邊說道。據說遭男子遺棄的娼妓為了能夠贖身而高興，給做小丫頭的妹妹寫信提過此事。不久這小姑娘卻接獲姊姊自殺的噩耗，心裡不知做何感想。

「而且這孩子也很黏此次一起服毒的姑娘。」

娼妓歉疚地抬眼看著貓貓。

（意思是要我睜隻眼閉隻眼？）

就是這麼回事，對方跟貓貓說這些不幸的遭遇，八成就是要吸引她的同情，好藉此堵嘴。所幸騷動並未傳到阿爹他們待著的房間，只要貓貓不說，小丫頭就不用受罰。

（真麻煩。）

貓貓雖然心想「這種客人，餵他吃閉門羹不就得了」，但據說是娼妓自己迷戀對方。弄到最後還引發殉情風波，娼館這邊想必非常頭痛。娼館之人呈現出一種對貓貓他們感激萬分的氛圍，或許也是因為不管富商公子再怎麼礙眼，幸好不是死在她們店裡。

而這點卻反而讓小丫頭覺得沒天理。

（難怪了。）

貓貓如此想。她今日是碰巧回家，但這幾個月來，貓貓都不在煙花巷。平素負責採買的這個小姑娘，也許知道阿爹何時不在家。況且一般來說，那種狀況應該是去找大夫，而不是藥舖。

如果是特地選了間沒人在的藥舖，貓貓覺得這個小丫頭年紀雖然還小，卻相當毒辣。帶阿爹來帶得晚了，說不定也是因為這個原因。大概那個男客就是如此受人怨恨吧。

「我明白了。」貓貓簡短地說完，就回到了阿爹待著的房間。

「難得妳回來，真不知道怎麼會出這種事。」

阿爹口氣悠哉地說了。

忙東忙西的，一大早的時間就這麼耗光了。貓貓跟阿爹一同回到了原本的破房子。

貓貓從阿爹手裡搶走錢袋，檢查過裡面金額之後還給阿爹。果不其然，裡頭多了幾個銀錢，大概是包括了堵嘴費。客人雖然病情沒什麼大礙，但今後無可避免地得吃閉門羹了。不只是那家娼館，整個煙花巷都是。煙花巷這方面的情報網絡可是很嚴密的。

貓貓坐到嘰嘰作響的椅子上，邋遢地伸開了兩條腿。結果浴室還是沒能借成。幸好這個季節不會讓人冒汗，但貓貓到處奔忙，出了一身汗，還是覺得很不舒服。

講到不舒服，殉情事件也是。她總覺得有點在意。那個連見習娼妓都恨之入骨的男子，就大家的說法聽起來，似乎是個相當精明的人物。這樣的男子會因為男女感情就鬧殉情嗎？

（那麼，會是娼妓想毒死他嗎？）

貓貓心想也許不是殉情而是被逼著一起自殺，但隨即否定。男子曾被人下過毒，不太可能輕易吃下娼妓端出的食物。

貓貓雙臂抱胸唸唸有詞，阿爹邊用藥研磨碎藥草邊看著她。

「……不可以用臆測的方式論事喔。」

阿爹喃喃地說。

既然阿爹會這麼說，可見他已經發現事情的真相了。貓貓不甘心地看了看阿爹，然後趴倒在桌上。

貓貓試著回想現場的蛛絲馬跡。她喚醒記憶，想確認有無看漏任何細節。

倒地的男女、散落地板的菸草葉、玻璃酒器，以及——

貓貓這時想起，當時現場只有一只玻璃酒器。只要貓貓沒有看錯的話，應該是的。而旁邊掉著麥稈，還有種類不同的雙色酒漿。

「……」

貓貓倏地起身，站到水甕前面。她用水杓舀起了水，又倒回水甕裡。

阿爹看著貓貓重複此種動作，嘆一口氣之後，把磨好的粉末裝進容器裡。他站起來，拖著腳站到貓貓面前。

「事情已經結束了。」

阿爹摸摸貓貓的頭。

「我知道。」

貓貓把水杓放回水甕裡，然後離開了破房子。

（這不是殉情，是殺人。）

而且是娼妓想殺了對方。

這個敗家子善於花言巧語，對無數女子始亂終棄。而那名娼妓跟這男的現在正濃情密意。

眾人必定會認為這次又是敗家子在暗示要為娼妓贖身了。不同於貓貓的看法，許多人似乎認為人的想法會受兒女之情所改變。只要添加這種謠言進去，日子一久就會弄假成真。

那麼娼妓是如何讓變得謹慎小心的男子吞下毒藥？

很簡單，只要試毒給他看就成了。

就如同貓貓平時做的那樣，首先由娼妓喝酒。男子確定娼妓喝了沒事，於是就喝下同一杯酒。所以才會只有一只酒器。

然而如此一來，娼妓可能會先倒下，男子就不喝酒了。如同貓貓在園遊會嚐到的那種毒藥，也有一些毒物是遲效性的，不過此次的毒物恐怕是菸草。那種菸草放進嘴裡時刺激性強，會讓人立刻吐出來。

假如妓女演技精湛，能喝下毒酒而不被看穿就厲害了，但實際上應該是使用了小工具。娼妓用麥稈當吸管喝了酒。平常就在使用的東西不會啟人疑竇。男子並沒有起疑心。

至於說到她是如何使用麥稈避開毒物，則是利用了酒漿。現場的酒有兩種。兩種不同顏色的酒，加上透明的玻璃酒器。

即使不到水與油差別那麼大，縱然同樣是酒，不同的酒濃淡也不同。只要將比重小的酒輕輕注入比重大的酒裡，就會形成兩層。玻璃酒器中注入不同顏色的酒看起來美觀，當成取悅客人的小花招使用不會引起懷疑，娼妓用麥稈只喝下面那層。然後男子沒用麥稈，從上面那層喝起。

娼妓確認男子倒下後，自己也喝了上層的酒。只喝不會致死的量。

之所以在周圍撒菸草，八成也是為了掩飾氣味，而且讓人誤以為他們吞了菸草。如果把自己也害死，就得不償失了。娼妓必定是精心策劃成害死男子之餘自己又能存活，再於清晨行事。

然後又有人正巧發現了他們。

貓貓再次來到方才的娼館。她繞到後頭，前往昏倒娼妓躺著休息的房間。

只見一名娼妓用手扶著欄杆，慵懶地仰望天空。看來是那名娼妓醒來了。她唱著童謠，笑得命薄如花。貓貓覺得雖是命薄如花，但也並不好惹。

「小姐，妳在做什麼呀！」

不是方才那名小丫頭，而是另一個丫鬟看到娼妓倚著欄杆，大聲嚷嚷起來。然後她將娼妓拉進屋裡，關起了窗戶。

試圖殺害男子的小丫頭，明明情同姊妹的小姐被毒昏，行為舉止卻不太合理。她為了讓男子回天乏術，故意去找藥舖而不是大夫。而且她去把阿爹叫來時，也花了很多時間。難道她做這些事都不會擔心小姐嗎？都沒想到可能又有親近之人要喪命嗎？

簡直像是知道她不會死才這麼做，難道是貓貓多心了嗎？

還有極其同情那個小丫頭的娼妓，以及出手大方的老鴇。

一旦產生懷疑，什麼看起來都顯得可疑。

（不能用臆測的方式論事，是吧……）

貓貓慢慢將視線從關起的窗戶移向天空。

當她在後宮時，她一直很懷念煙花巷，其實兩地本質上並無二致。後宮與煙花巷都是花園，也是鳥籠。眾人被關在此種空間之內，都受到了其中空氣的毒害。

娼妓也是，藉由服食周遭的毒物，將自己也慢慢變成甜蜜毒藥。

貓貓不知道那個敗家子還活著，會讓那名娼妓有何下場。也許敗家子會一狀告上官府說有人要毒死他。或者是正好相反，也許娼館會藉故威脅敗家子，說他糟蹋了商品。

（怎樣都好。）

都跟貓貓無關。對這類事情斤斤計較，在這條街上是活不下去的。

貓貓懶洋洋地抓抓後頸，決定前往綠青館。她想還是借用一下浴室好了，於是慢慢開始走向目的地。

二十四話　誤會

為期三天的返鄉假期轉眼間就結束了。

見到了懷念的面孔，讓貓貓更想繼續待著不走了，但她不能怠忽後宮的職守，而且會給作保的李白添麻煩，不回去不行。

最大的原因出在老鴇不知道想把貓貓的初夜賣給哪個虐待狂，這堅定了她的決心。

（似乎遂心作了場好夢呢。）

看到白鈴小姐面色異常紅潤，而李白又眼角下垂，變得活像顆蜜漬杏乾，貓貓不禁後悔酬勞支付得太多了。

害得她下個賣身地點就這麼決定了。

一度嚐到天上甘露的李白再也無法甘於凡間貨色，讓貓貓多少有點同情起他來。老鴇一定會從李白身上榨取油水，弄個他半死不活。

這方面貓貓就負不了責了。

就這樣，貓貓帶著伴手禮回到了翡翠宮來，見到的卻是散發凶惡氛圍的天女般青年。

在柔和笑靨的底下，可以感覺到蠱毒般的不祥之氣。

不知為何，他死瞪著貓貓看。

不管性情如何，美人就是美人。一位美人瞪起人來，還真有魄力。

貓貓怕麻煩，想盡量少惹他，只低頭致意後就想前往自己的房間，但肩膀被人緊緊抓住了。只差指甲沒陷進肉裡。

「我在迎賓室等妳。」

蜂蜜般的聲音流過耳畔。即使是蜜，卻是烏頭蜜，其中有毒。

後面有高順用眼神叫她死了這條心。

還有玉葉妃看似在傷腦筋，兩眼卻在發亮。

而且不知為何，紅娘用責備的目光看著貓貓。

三名侍女也是好奇心超出了擔心。晚點想必會被打破砂鍋問到底。

（到底是怎麼一回事？）

貓貓放下行囊，換好侍女服之後就前往迎賓室。

「總管有何貴事？」

房間裡只有壬氏一個人。他優雅地穿著素淨的官服，坐在椅子上翹著二郎腿，手肘撐在桌子上。不知怎地，總覺得他態度比平常還惡劣。是自己多心了嗎？希望是自己多心了，就當作是自己多心了吧。

高順這帖清涼劑不在，玉葉妃也不見人影。

說得明白點就是如坐針氈。

「妳似乎回鄉去了啊。」

「是。」

「怎麼樣了？」

「大家都身體健康，令人欣慰。」

「是嗎？」

「是。」

「……」

「……」

果然很快就沒了話題。

「這個李白是何許人也？」

「回總管，是小女子的保人。」

（他怎麼會知道那人叫什麼名字？）

而且是今後的熟客，是寶貴的搖錢樹，彌足珍貴的一號人物。

「妳懂這個意思嗎？其中的意思。」

壬氏用些許不耐煩的語氣詢問。聲音中不含平素的甜蜜。

「是，小女子明白不是身分可靠的高官，是做不了保人的。」

壬氏不知怎地，露出疲憊不堪的神情。也許是不高興聽到貓貓說廢話？

「妳拿到簪子了？」

「大人分贈了好幾支，也禮貌性地送了小女子一支。」

別看李白那樣，其實他是個闊氣的人。簪子造型簡樸，作工卻一絲不苟，且品味不俗。

之後假若缺錢，就拿去變賣好了。

「換言之，孤是輸給了一個做人情的禮物？」

（孤？）

不常聽到的第一人稱，讓貓貓偏頭不解。她還是覺得壬氏跟平素不太一樣。

「孤應該也有送妳，但妳完全不來找孤商量。」

壬氏擺出一副嘔氣的表情。臉上沒有天女的笑靨，看上去年紀就跟貓貓差不多，或是比她更年少。

貓貓很佩服竟然有人換個表情就能變這麼多。

看樣子壬氏是不滿意貓貓找李白幫忙，而不是找他商量。真不可思議，麻煩事不要找上自己不是比較好嗎？或許因為他很閒才會這樣吧，寧可瑣事纏身也希望有人來找自己嗎？

「非常抱歉，因為小女子想不到能支付什麼代價，可以令壬總管滿意。」

（找宦官去青樓，不會有失禮數嗎？）

如果是純粹喝茶或吟詠詩歌的處所還另當別論，問題是那裡也是尋花問柳的地方。貓貓不好意思邀請已失去男兒身的人去那裡。

最大的問題是，像壬氏這樣的人物，尋常娼妓若是碰上他，神女反而要變成火山孝女了。介紹這種人去青樓，貓貓必然會慘遭老鴇毒打一頓。

「什麼代價？妳給了叫李白的傢伙什麼好處嗎？」

不知為何，他一臉納悶。

不只老大不高興，還夾雜了不安的表情。

「是的，大人很高興能享受一夜春夢。」

（看他那樣，十天半個月是清醒不過來了。）

虎虎生風的武人遇上白鈴小姐，大概也就溫順如小貓了。而且還是隻今後會送來金子的貓兒。

一看，壬氏完全是一副面無血色的模樣。端著茶杯的手在發抖。

（是不是房間冷？）

貓貓往火盆裡添木炭後，用團扇煽火。

「大人似乎相當滿意，小女子的努力也沒白費了。」

（還得努力找新恩客呢。）

貓貓重新下定決心，捏緊了拳頭時，背後傳來茶杯摔碎的聲音。

「總管這是怎麼了？」

陶器碎片灑了一地。

壬氏鐵青著臉站著不動，衣服被茶水染出了水漬。

「啊，小女子這就拿布來擦。」

貓貓一開門，發現玉葉妃在那裡笑彎了腰。

高順也在，神色疲憊不堪。

至於紅娘則是看著貓貓，好像拿她沒輒到連話都說不出來了。紅娘靠近偏頭不解的貓貓，然後一言不發地拍了她後腦杓一下。這個侍女長真是說動手打人就打人。

貓貓莫名其妙地摸摸後腦杓，總之決定先去廚房找抹布再說。

○●○

「總管要鬧彆扭到幾時？」

高順覺得這人真是需要別人照顧。

回到書房後，壬氏照樣趴在桌上不動。

高順深深嘆一口氣。

「請別忘記還有公務等著處理。」

才剛收拾乾淨的桌子，又堆起了新的一疊文書。

「我知道啦。」

知道才怪。

名為壬氏的人物不會如此孩子氣地回話。

不會執著於一個玩具。

後來高順費了一番工夫，才從笑得花枝亂顫的玉葉妃那兒問出事情始末。

所謂作保的謝禮，其實是為李白引見夢寐以求的當紅名妓。實在想不到那個姑娘竟然會有如此人脈。

不知道主子做了何種想像。唉，真是年少輕狂。漸入恬淡寡欲境地的三字頭如此想。

壬氏雖多少恢復了鎮定，但心中似乎還有不滿。

忙著把公務處理完去見她，結果人家卻跟陌生男子回鄉去了，想必是青天霹靂。

但高順也沒那閒工夫一直安撫小孩兒。

壬氏總算開始替高高堆起的文書捺印。他迅速過目，只要認為不能捺印，就放到桌子旁邊。一收拾好，下官又立刻送上新的整束文書。

高順看著被壬氏剔除的文書，覺得這些人真該再多動點腦筋。很多官僚試著讓上司批准為自己圖利的法案，而這些平白增加了年少主子的事務，看得高順很不忍心。

不知不覺間太陽西沉了，高順點燃油燈。

「失禮了。」

看到下官進來，高順走上前去。

「公務時間已過，之後再來吧。」

「不，並非關於公務。」

下官急忙揮手。

「是這樣的……」

下官愁眉苦臉，將一件急事轉告給兩人。

二十五話　酒

「那真是太不幸了。」

玉葉妃神色憂鬱地對眼前的宦官說道。壬氏有如神仙中人的容顏當中，也含藏著憂傷。

（說是一個大官死了。）

貓貓無動於衷，只是待在那裡。這樣或許很冷淡，但貓貓沒多愁善感到能同情長相與姓名都一無所知的人。而且此人年過五旬，死因說是飲酒過量。只能說是自作自受。

本來應該是這樣的。

貓貓試完了毒還是沒獲准退下。壬氏似乎吩咐紅娘去做事了，所以貓貓必須代為留在這裡。因為沒有侍女陪同，宦官是不能與嬪妃交談的。

重點在於壬氏吩咐的不是下級侍女貓貓，而是侍女長紅娘。

（很可能有什麼事情。）

貓貓的這個直覺似乎猜中了。

「妳真的認為死因是酒嗎？」

妍麗宦官的視線對著玉葉妃身後，也就是貓貓。

酒類造成的死因不只一種。

即使是嗜酒的貓貓，也知道酒喝多了傷身。藥物攝取過量就成了毒藥。

長期飲酒會導致臟腑慢性中毒。一次攝取大量酒精，甚至可能致人於死。

此次的情況屬於後者，據說死者跟幾個朋友宴飲之時灌下了大量的酒。說是把滿滿一罈子的酒一口氣咕嘟咕嘟地喝了下去。

「如此的確會致命。」

貓貓淡定地說，來到了正門的哨所。她以前就是在這裡把李白叫出來的。雖然簡樸的房間一如往常地空無一物，不過今日端出了茶與茶點，而且放了火盆取暖。

「但是他只喝了平常一半的量。」

壬氏說了。他指的當然是飲酒量。

高順從來自後宮外頭的下女手裡接過某件東西，下女一言不發地低頭致意。

「我實在不認為浩然閣下會因為飲酒過量而死。」

死去的男子似乎名叫浩然，是個能把整罈酒一飲而盡的豪邁武人，看壬氏與玉葉妃的反應，人品似乎也不錯。

高順將方才從下女那邊收下的東西放到桌上。是個葫蘆。他將裡頭的液體咕嚕咕嚕地倒進小酒杯裡。

「這是？」

「跟宴席上喝的是同一種酒，從其他一同飲用的罈裡拿的。浩然閣下喝的那罈灑了，全都流掉了。」

「那麼如果那罈子裡下了毒，就無從檢驗了。」

如果死因不在酒，接著能想到的就是這個可能性。

「正是如此。」

壬氏大概也知道這很難辨吧。但他還是想查明真相，不知那位武人是否於他有恩。

（怎麼不跟平常一樣散發多餘光彩？）

這陣子的壬氏比起從前，怎麼看就是像個孩子。然而對貓貓而言，她寧可被壬氏不可一世、趾高氣昂地使喚還比較輕鬆。

貓貓啜一口酒，然後伸舌舔嘴。

（這是？）

味道甜中帶鹹。似乎是在原本帶有甜味的酒裡加鹽調味過。

（好像料酒一樣。）

「味道頗為特殊。」

貓貓對盯著自己瞧的壬氏說。

「是啊，這是浩然閣下的喜好。他這人嗜甜如命，酒喝甜的，酒肴也只吃甜的。」

壬氏觸景生情地接著說。他說不管準備了多高級的燻肉或岩鹽，他都從來不碰。

「聽說他以前都吃鹹食，但有一天突然變成嗜甜，連飯食都幾乎做成甜的。」

壬氏面露稍許純真的笑容。

「會得糖尿病的。」

貓貓誠實地說出感想。

「……不要把回憶拉回現實啦。」

壬氏好像很掃興地說。

（嗜鹹變成嗜甜是吧？）

貓貓喝光杯裡剩下的酒，再拿葫蘆來倒，然後再喝光，重複這個動作幾次。

壬氏與高順似乎一直盯著自己瞧，但貓貓不在意。等葫蘆裡的東西減少到一半時，貓貓開口了。

「宴會上的酒菜，有端鹽出來嗎？」

「有，說是岩鹽、月餅與肉乾。這些也要準備一份嗎？」

「不用，還沒準備好就喝完了。」

既然有酒肴，真希望能早點拿出來。假如有鹹香可口的燻肉，酒一定會更好喝。

「呃，不，我不是這個意思……」

壬氏不知怎地一臉傻眼地說。

貓貓又倒了一杯。旁人用視線問她「還喝啊？」，但她不在意。除了試毒之外，這可是難得能喝酒的機會。

貓貓把葫蘆裡的酒喝到一滴不剩。她很想噗呼一聲大吐一口氣，但有貴人在場，她忍了下來。

「浩然大人喝的那個罈子可以弄到手嗎？」

「已經摔成碎片了。」

「無妨。還有……」

貓貓說「另有一事想請總管調查」。

翌日，貓貓再次受到壬氏傳召。今日也跟昨日是同一個房間。

平常會用宮官長的房間，不過宮官長這陣子似乎公事繁忙，宮女忙碌地進進出出。其他兩部門似乎也同樣繁忙，也許是因為年關將近。

（果然。）

請壬氏調查的事情都寫在書簡上，內容一如貓貓的預料。

貓貓看著跟書簡一起帶來放在包巾上的碎片，上面沾了白色顆粒。貓貓拿起碎片，舔了一口。

「舔了不會有事嗎？」

壬氏伸出手來，但貓貓點點頭。

「此物無毒，量沒有多到能毒害身體。」

聽到貓貓意有所指，壬氏與高順偏頭不解。

貓貓靠近放在一旁的火盆，替包裹報告文書的紙張點火，然後拿著酒罈碎片湊過去，火焰立刻變了顏色。

「是鹽嗎？」

湊過來看的壬氏說了。看來他還記得貓貓之前弄給他看的火焰顏色。

「是的。看來酒裡含有相當多的鹽分，酒漿乾掉後還能留下顆粒。」

貓貓喝的酒裡也含有鹽。不是酒裡本來的鹽分，想必是將充當酒肴的鹽或什麼加到了酒罈裡。因為如果赴宴的人嗜鹹，想必不會喜歡甜味較強的酒。

一般來說會把鹽沾在杯緣飲用，假如是直接加入罈裡，那麼要不就是喝醉了，要不就是此人太懶。

多少加點鹽不會有問題，然而浩然飲用的酒罈裡，含有大量的鹽。

「人體不可沒有鹽，但攝取過量會毒害身體。」

就跟酒一樣，一次攝取過多可能致人於死。想到喝下的酒量與溶入其中的鹽分，即使成為死因也不奇怪。

「不，這樣不是很奇怪嗎？喝下這麼鹹的東西，再怎麼樣都會注意到吧？」

「不，浩然大人就是沒注意到。」

貓貓打開報告文書給壬氏看，上頭列出了浩然的生活習慣。

「壬總管說過吧，說浩然大人有一天突然從嗜鹹變成嗜甜。」

「是啊，是這樣沒錯……不會吧？不，這怎麼可能……」

壬氏似乎弄懂了，雙眼圓睜。

「是的，我想浩然大人是嚐不出味道了——只嚐不出鹹味。」

浩然這名男子據說是位有才幹的官僚，且秉性耿直。從簡單的報告文書就能看出，此人過著六根清淨的生活。

文書指出自從多年以前妻兒死於時疫之後，此人就全心投入公務，酒與甜食是他的唯一樂趣。

「有種疾病會讓人失去味覺。一般認為原因包括偏食，或是身心負荷（壓力）。」

越是認真處事的人，越會壓抑自己的內心。壓抑內心造成的負荷，遲早會變成一種病。

「那麼，是誰在酒罈裡放鹽？」

貓貓搖搖頭。

「這就不是小女子該調查的了。」

只要知道其他酒罈裡也含有鹽分，而浩然又是個正經人士，壬氏應該心裡就有底了。

很多人無故厭惡正經人士，也許會趁著酒意對酒罈做點惡作劇。然而看到對方完全沒發現惡作劇而喝個不停，搞不好會想「乾脆加到他發現為止」。有句話說借酒裝瘋，但導致這種結果，那些當事人不知道做何感想。

（我這樣逃避太卑鄙了。）

貓貓自己也很清楚，她是不想成為某人受罰的直接原因。已經給了這麼明確的線索，分明就跟直接指證沒兩樣。

壬氏跟高順說了些話，高順從房間退下。

壬氏心不在焉地望著高順離開的房門。仔細一瞧，壬氏的衣帶上附有串著小顆黑曜石的黑色流蘇。由於官服本身是黑的，貓貓之前完全沒發現到。

（他在服喪？）

是故意做得不顯眼嗎？

「抱歉了，妳幫了我個大忙。」

壬氏對貓貓露出天女般的微笑。

「不會。」

貓貓有點想問問壬氏與浩然是什麼關係，但作罷了。

（要是一個弄不好得知兩人有曖昧關係，那就困擾了。）

誰也不知道哪裡潛藏著不正當關係。

取而代之地，貓貓問了個不會出錯的問題：

「大人是那麼高尚的人物嗎？」

「是啊，小時候受過他照顧。」

壬氏沒再多說，瞇細了眼。緬懷過去般的表情，看起來就像個尋常青年的神情。平素從他那過度俊美的臉上，是感覺不出這種心情的。

（這人畢竟也是個凡人呢。）

由於看他那容貌，與其說是活人懷胎生下來的，毋寧說是千年桃花精還比較讓人信服，因此最近這陣子，貓貓開始覺得壬氏這個存在十分奇妙。就這麼站了一會兒後，壬氏好像才終於想起似的，從桌子底下拿出了一件東西。

「葫蘆？」

壬氏拿出了一只大葫蘆。貓貓聽見裡面液體蕩漾的噗通聲。

「是啊，雖然不是昨天那種。」

壬氏說「這是謝禮」，交給了貓貓。

貓貓拔開栓子，聞到酒精的氣味。

（哦哦！）

「自己小心點喝，別被抓到了。」

「謝總管。」

貓貓做了平常絕不會做的恭敬行禮。

（挺貼心的嘛。）

正在這麼想時，不知不覺間，甜美膩人的臉蛋湊到了眼前來。

貓貓下意識地身子往後退。

終究還是平常那個宦官。

「……看妳的表情不像在謝我。」

「是嗎？別說這了，請總管認真處理公務。」

不知怎地，壬氏整個人抖了一下。看樣子是丟下公務跑來的。

（閒著沒事的話是無妨，但偷懶就不行了吧。）

「請總管還是趁公務尚少時處理完畢吧？」

貓貓也不管自己幾乎沒在做事，試著講了一句。

壬氏一瞬間露出不甘心的表情，但似乎想到了什麼主意，壞心腸地咧嘴一笑。

「我有在認真當差啊。」

「怎麼個認真法？」

壬氏手放在下巴上，像在追溯記憶。

「在某條法案當中，有人主張為了避免年輕人沉迷飲酒，應當限制飲酒年齡。」

「……」

貓貓愣愣地張開了嘴。

「說是要規定未滿二十歲禁止飲酒。」

壞心眼的宦官面帶賊笑看著貓貓。

「請壬總管千萬別讓這條法案通過。」

「這我恐怕無法作主。」

壬氏臉上浮現玉軟花柔的笑靨，看著貓貓不高興的表情。

貓貓把嘴彎成了ㄟ字形，總之先給他一個看肚子朝天的甲蟲般的眼神再說。

二十六話　自與他

高順將生漆盒子放在桌上，然後從中取出了書簡。

「日前的報告總算是送來了。」

那時壬氏命人找出燙傷的宮女，至今少說已過了兩個月。

「花太多時間了。」

壬氏抬起低垂的臉，露出銳利的視線。

「微臣知罪。」

高順的做事原則是不找藉口。

「究竟是誰？」

「回總管，意外地是個大人物。」

高順在桌上攤開書簡。

「石榴宮的風明，淑妃的侍女長。」

壬氏繼續以手支著臉頰，用冰冷的視線看著書簡。

○●○

「哎喲——能否請小姑娘也一起來呢？」

貓貓一如平常地來到醫官這裡摸魚……更正，是來幫忙時，庸醫忽然這麼說了。正好傳話的宦官也在，似乎是來呼喚庸醫的。

「到底是怎麼了？」

這下好像會很麻煩——貓貓心想。

由於庸醫抖著肩膀拜託，總之先跟去再說。他們被帶到北門的哨所，幾名宦官圍著某個東西，周圍像同心圓般聚集了一圈宮女。

「幸好是隆冬時節。」

貓貓極其鎮靜地對眼前的事物發表感想。

用草蓆遮起的是個臉色發青的女子。頭髮黏在臉上，嘴唇都變成青黑色了。她的魂魄已經不在人世。

雖然以溺水死屍來說外觀還算漂亮，但看了仍然不會舒服。幸好現在季節寒冷。

本來該驗屍的庸醫，卻像個姑娘家似的躲在貓貓背後。

真是個如假包換的庸醫。

聽說這具女屍今晨浮在外頭濠溝裡。從打扮來看，怎麼看都是後宮宮女。後宮內發生的事不能送到外頭處理，所以才會這樣叫庸醫過來，然而……

「小姑娘，妳能代替我看看嗎？」

庸醫抖動著八字鬍抬眼看著貓貓，但她才管不了那麼多。

他把別人當成什麼了？

「不行，有人叫我不准碰屍首。」

「那可真是意外。」

聽慣了的天仙嗓音，也開口說了句失禮的話。

不消說也知道，周圍的宮女都嬌滴滴地尖叫。主角陪襯個個到位，簡直像在看人唱戲。

「壬總管好。」

（當著屍首的面也沒什麼好不好的就是了。）

貓貓不改常態，無動於衷地看著國色天香的青年。在他身後不消說，照樣有高順在候命。就是那個總是用視線哀求貓貓的勞碌命男子。

「所以，太醫，可以請你好好看一看嗎？」

「……知道了。」

庸醫略為紅著面龐，仍舊一副不甘願的模樣去看溺水死屍。

他怯怯地掀起蓋著的草蓆。

後面傳來宮女的驚呼聲。

這是個高挑的女子，穿著堅硬的木鞋，一隻脫落了，腳上裹著布條。指尖通紅，指甲破損到教人不忍卒睹。

從衣裳可以認出是尚食宮女。

「妳看到屍體似乎很鎮定啊。」

「這種場面看習慣了。」

縱然是在金碧輝煌的煙花巷，只要踏進後頭一步，就是三不管地帶了。常常會發現年輕姑娘慘遭侵犯、輪姦，模樣怵目驚心。

青樓女子乍看之下身陷囹圄、毫無自由，但同時也能說是受到保護，免於遭到周圍危險波及。妓樓將娼妓視為商品，會好生照料，延長她們的壽命與姿容。

「晚點再聽妳的見解吧。」

「是。」

貓貓知道自己派不上什麼用場，但不會出言否定。這叫禮數。

（我會不會太冷淡了？）

貓貓等庸醫驗屍完畢後，仔細地幫死者蓋好草蓆。

雖然現在這麼做也沒有意義了。

貓貓被帶到中央門的哨站來。大概是因為宮官長的房間今日依然忙碌吧。之所以來到這裡，是因為想避免在翡翠宮談論屍首之事。這種事不適合在有嬰孩的場所談論。

（為何不乾脆給自己安排個房間？）

貓貓對站在門前的宦官低頭致意。

「就衛兵的見解來說，他們認為是投水自盡。」

他們說可能是爬上圍牆，跳進濠溝自殺的。

姑娘果然是尚食的下女，聽說直到昨日都還在當差。這樣的話，就是在昨夜投水的了。

「小女子不知這是否為自盡，只是竊以為一個人是辦不到的。」

「此話怎講？」

優雅地坐在椅子上的壬氏，用優美的聲音問她。

跟不時展露的稚氣青年模樣感覺判若兩人。

「宮牆上沒有梯子。」

「那倒是。」

「用帶鈎繩子爬得上去嗎？」

「應該辦不到吧？」

壬氏試探地問她。真是難纏。

貓貓很想叫他不要什麼都愛問，但高順在看，她只好憋著。

「也有辦法可以不用工具就爬上去，但我想那名宮女是辦不到的。」

「什麼辦法？有何種技巧？」

之前芙蓉公主鬧出幽魂作祟之事時，貓貓一直想不透她是如何登上外牆的。那不是用爬的就能爬上去的。

貓貓這人一旦開始在意就非得查個清楚，於是她細心地繞了宮牆一圈。

結果她發現外牆四隅都有磚頭突出。這是故意讓磚頭突出牆壁的，只要用腳踩上去，就有辦法爬上牆頭。擅長舞蹈的芙蓉公主爬起來想必輕而易舉。

可以推測這應該是建造宮牆之際，工匠用過的機關。

「但對大多數女性而言想必很難，更何況是纏足之人。」

女子腳上纏著布條，套著小巧木鞋。她們會扭折腳骨，用布包緊，塞進木鞋裡。做這種處理的標準是腳越小越美。

雖然不是所有女性都這麼做，不過在後宮偶可一見。

「妳是說這是他殺？」

「小女子不知。不過，我想她的確是活著掉進濠溝裡的。」

染得血紅的手指，必定是一再摳抓濠溝壁面所導致的。

在那麼冰冷的水裡，真教人不願想像。

「不能再查清楚點嗎？」

臉上浮現讓人無法斷然拒絕的甜美笑容，只會讓貓貓困擾不已。

辦不到就是辦不到。

「教我藥學的師父，囑咐我不許觸碰屍首。」

藥師不免得接觸病人或傷患。壬氏似乎是在問「應該也有接觸死者的機會吧」。

「為何？是怕犯忌諱嗎？」

「因為人肉也可入藥。」

貓貓輕聲說出了原因。

阿爹告訴過她「我不知道妳的好奇心會拓展到哪，既然遲早會碰，就等最後再說吧」。

他還很失禮地說，貓貓一旦開始接觸這個領域，至少盜墓的勾當是免不了了。

貓貓很想說「這點良知我好歹還有」，不過到頭來還是一直遵守著阿爹的囑咐。

總之呢，就是這麼回事。

壬氏與高順聽得目瞪口呆，面面相覷後互相點頭說「的確」。高順甚至還用看可憐人的目光看著貓貓。

實在是太羞辱人了，貓貓按住顫抖的拳頭。

先不說這些。

（自殺，還是他殺？）

貓貓絕對不會想自己尋短，也一點都不想死在別人手裡。

一旦迎接死亡，就再也不能嘗試藥物或毒物了。

假如自己要死，她想嘗試沒嚐過的毒物而死。

（哪種毒物比較好呢？）

正在想著這些事情時，壬氏目不轉睛地盯著貓貓瞧。

「妳在想什麼？」

「回總管，小女子在想如果要死，要用哪種毒藥。」

貓貓老實地回答後，壬氏的眉毛扭曲了。

「妳想尋死？」

「小女子不敢。」

壬氏搖搖頭，像是覺得莫名其妙。不懂也無所謂。

「因為人的死亡是無法預期的。」

「是啊。」

壬氏露出寂寞的眼神。也許是想起了浩然的事。

「壬總管。」

「怎麼了？」

壬氏疑惑地看著貓貓。

「倘若要處小女子死刑，可否請您命我自鴆呢？」

壬氏以手扶額，嘆了口氣。

「講到哪兒去了？」

「倘若小女子犯了任何過錯，會是由壬總管做裁決嗎？」

壬氏不知為何顯得很不高興，目不轉睛地看著貓貓。與其說是看著，倒不如說是瞪著或許比較貼切。高順在他身後憂心忡忡。

（這麼快就犯錯了？）

「小女子得意忘形，罪該萬死。屆時無論是絞刑或是斬首，都任憑總管作主。」

「不，妳想到哪裡去了？」

壬氏的表情已經不是生氣，而是傻眼了。

「因為小女子只是一介平民。」

平民無法反抗貴人。這跟誰對誰錯無關，世間道理就是如此。有時這種道理會受人推翻，不過當今世上如果發生革命，大概沒幾個人會高興，因為時代還算得上是太平盛世。

「犯一點小過錯，這條命就沒了。」

「我不會那樣做。」

壬氏用侷促的目光看著貓貓。

貓貓搖搖頭。

「不是做不做，是能不能的問題。」

壬氏有權力處分貓貓，貓貓沒有。不過如此罷了。

壬氏臉上面無表情。看起來又像生氣又像不是，不知他在想什麼。貓貓也沒必要知道，只是覺得他似乎在考慮很多事情。

（我好像講話煩擾到他了。）

由於壬氏與高順都沒說什麼，貓貓認為沒自己的事了，行禮後就從房間退下。

後來貓貓聽到風聲說，死去的姑娘也參與了日前毒殺風波的宴席。

而且也找到了頗有真實性的遺書，於是案子就以自殺落幕。

二十七話　蜂蜜　其壹

茶會也是嬪妃的一大公務。

玉葉妃也是日日舉行茶會。有時在翡翠宮進行，有時則是受到其他嬪妃邀請。

（勾心鬥角可也是重要的差事。）

貓貓個人不是很喜歡茶會。

茶會上聊的盡是時下風行的服飾或化妝。在無關緊要的對話中勾心鬥角，場面正如同後宮的縮圖。

（看似溫柔和順，終究還是個妃子。）

正在跟玉葉妃說話的，是西域出身的中級嬪妃。玉葉妃也是西域出身，由於故鄉鄰近，看起來似乎有得是話聊。

詳情貓貓不清楚，只知道重點似乎是她與玉葉妃的老家今後會建立何種關係。

聽性情快活的玉葉妃說話，很多嬪妃都會一不留心就開始吐苦水。

玉葉妃的公務之一，就是將這些寫成書信。玉葉妃出身於氣候乾燥的貧瘠土地，由於該地多進行轉口貿易，推測人潮與時勢的趨勢就成了一項重要事務。除了嬪妃的職務之外，她藉由如此遞送消息的方式，想必也對家鄉做出了貢獻。

（昨晚弄到滿晚的，她不會累嗎？）

皇帝三天兩頭就會臨幸寵妃玉葉的寢宮，來看看開始扶著東西學站的女兒，只是造訪的理由不消說，當然不只如此。

看白日的公務並未荒廢，可見得皇帝各方面都是生龍活虎。就從國運昌隆這點而論，或許值得稱讚。

茶會結束後，櫻花送給了貓貓大量的茶點。貓貓不是不吃，但是量太多了，於是她照常去找小蘭。

講話有時口齒不清的小蘭，照常將到處聽來的風聲告訴貓貓。

像是自殺下女的事情，與毒殺案的關係，以及不知怎地，還有關於淑妃的事情。

「沒辦法，雖然稱為四夫人，但畢竟年紀不輕嘛。」

玉葉妃十九歲，梨花妃二十三歲，里樹妃十四歲。

封號淑妃的阿多妃三十五歲，比皇帝大一歲。

雖然還有辦法生子，但就後宮的制度而論，阿多妃不免要失去侍寢的權利。

換言之，今後她無緣成為國母了。

據說有人提出應當貶其位，讓皇帝迎娶新的上級嬪妃。

這件事不久之前就有人提起了，然而她是自皇帝東宮時代以來的嬪妃，又一度生下男嬰，因此遲遲無法下決斷。

（之前死去的男嬰的親娘啊。）

如果梨花妃繼續懷不了龍種，是否也會有同樣的下場？

不只如此，誰也無法斷定玉葉妃就能永遠受寵。

因為好花再美，遲早也會凋謝。

後宮百花，不結果就沒意義。

雖然已經漸漸習慣了，但貓貓仍然覺得後宮就像混濁的淤泥底層。

貓貓拍掉衣裙上的月餅屑，看了看覆蓋天空的厚重雲層。

今日茶會的賓客性質有點不同。

來客是里樹妃，同樣是四夫人之一。

同等階級的嬪妃一起進行茶會是件稀奇事，特別是上級妃子更是如此。

容貌稚幼的里樹妃，神色緊張地帶著四名侍女前來。那個試毒侍女也在。看來她並未像貓貓擔心的那樣受到嚴罰。

由於外頭天冷，眾人在室內舉行茶會。

她們吩咐宦官在迎賓室為侍女準備羅漢床。

圓桌是螺鈿桌，簾幕換上了新的繡花布。

坦白講，縱然是皇帝臨幸時也不用如此大費周章，也許因為女性這種生物，遇到同性就是會比較有防備心吧。

化妝也格外賣力，貓貓平素的雀斑妝也被卸掉了，眼角畫上威嚇般的紅線。即使這種妝看在異性眼裡顯得花俏刺目，只要能比對方更華美豔麗就是占優勢。

可能薑是老的辣，話題總是由玉葉妃主導，里樹妃淨只是怯怯地點頭。

背後待命的侍女比起自己的主子，似乎比較在意翡翠宮的傢俱擺設，視線頻頻偷瞄整個房間。

只有試毒侍女彷彿與貓貓成對般立於妃子背後，察顏觀色地看著以前威脅過自己的貓貓。

（總覺得不太舒服。）

水晶宮的侍女也是，真想請這些人別把人當妖怪。貓貓不是野狗，更不會咬人。

（乍看之下就只是一群普通的侍女。）

貓貓以前曾向高順報告過妃子受侍女欺凌一事。如果是她弄錯了，雖然會有點麻煩，但也不失為一件好事。

比起翡翠宮的貓貓之外萬中選一的侍女，她們動作似乎較遲鈍些，但還是有在做事。反正今日茶會的主人是玉葉妃，要做的差事也不多。

愛藍端來了陶壺與熱水。

「德妃不討厭甜品吧？今日依然天冷，我想喝點這個或許不錯。」

「我很喜歡甜品。」

里樹妃回答玉葉妃所言，好像慢慢沒那麼緊張了。

陶壺裡盛裝著用蜂蜜煮的橘皮，喝了可以暖身、潤喉，且能預防風寒。這是貓貓做的，玉葉妃似乎很喜歡，最近茶會上常端出來。

（哦？）

里樹妃分明才剛說過喜歡甜品，此時臉色卻變了。

試毒侍女也欲言又止地看著注入茶杯的蜂蜜。

（蜂蜜也不能吃嗎？）

背後待命的侍女一句話也不打算說。

只是用一副受不了的表情看著里樹妃，就差沒開口叫她不准挑食。

貓貓輕嘆一口氣，向玉葉妃耳語幾句。

玉葉妃略顯驚訝地睜大眼睛，把愛藍叫了過來。

「對不起，看來這似乎還得再浸泡些時日才行。我讓人端其他東西來吧，德妃能喝薑湯嗎？」

「是，可以。」

里樹妃的聲調似乎恢復了活力，看來換茶水是換對了。

而很遺憾地，貓貓的猜測似乎也猜對了。

雖僅有短短一瞬間，但她與窮極無聊地看著自己的侍女對上了目光。

傍晚時分，一如平素地俊美奪目的宦官現身了，天女般的笑靨背後跟著高順。貓貓覺得最近高順眉心的皺紋變多了，不知是否有事需要他多操心。

「娘娘似乎與里樹妃進行了茶會。」

「是呀，度過了一段愉快的時光。」

也許是身處於統領後宮的立場，這個宦官會定期拜訪四夫人當中的其餘三人。

才在覺得今日茶會的賓主組合有些奇怪，看來是這傢伙搞的鬼。

貓貓想趁麻煩事還沒上身前離開房間，但不用說也知道會被阻止。

「可否請總管放開小女子？」

「我話還沒說完呢。」

即使他用天女般的眼神看過來，貓貓也只能讓視線落在地板上。她知道自己一定是一副死魚眼。不，很可能是看肚子朝天游泳的魚的那種眼神。

「呵呵，你們倆感情真好。」

「玉葉娘娘，若是眼睛覺得疲勞，不妨用手指按按眼睛周圍。」

由於玉葉妃笑得實在太開心，貓貓忍不住回了句挖苦話。

（不好，不好。）

這種大不敬的話，只可用在壬氏一人身上。

（呃不，這也不成。）

前日貓貓才剛惹惱了壬氏。要是三番兩次做出無禮行為，難保哪天宦官一個不高興，就把貓貓吊死。

「日前的毒殺風波，據說犯人是自殺的下女，這妳聽說了嗎？」

貓貓點了個頭。聽語氣就知道這話不是對玉葉妃說的，而是在問貓貓。

玉葉妃似乎聽出了什麼，主動離開了房間。房裡只剩下貓貓與壬氏，以及高順。

「犯人真是自殺的嗎？」

「這不是小女子能決定的。」

只有掌權者有力量顛倒黑白。

雖不知道是誰下判斷，但至少壬氏應該與此事有關。

「不過是個下女，會有理由對德妃的膳食下毒嗎？」

「小女子不知。」

壬氏笑著。用蠱惑人心的笑靨巧妙利用他人。

很遺憾，這招對貓貓無效。壬氏應該知道不用這麼做，只要一聲令下，貓貓就不能拒絕。

「從明日起，妳能去石榴宮幫忙嗎？」

加個問號又能代表什麼？

貓貓除了「遵命」之外，沒有其他答案。

宅第這種東西，可以說總是會染上屋主的色彩。

玉葉妃的翡翠宮和氣融融，梨花妃的水晶宮清雅絕塵。

而阿多妃居住的石榴宮，則是崇尚實際。

宮室設計簡約，不喜過度裝飾，而這反而醞釀出一種高雅氣度。

宮室之主阿多妃，可以說就是如此一位人物。

削去一切多餘累贅的身姿，稱不上華美、豐滿或可愛。然而最後留下的，是中性的凜然英氣與美感。

（這樣竟然已經三十五了？）

若是穿起官服，也許會被錯當成年輕文官。在這只有宮女與宦官的後宮，不知吸引了多少宮女的崇敬。此種魅力看似近於壬氏，卻又有所不同。

貓貓沒留意她在宴席上做何種打扮，不過比起此時穿著的大袖與衣裙，穿起騎馬用的胡服應該會更好看。

貓貓與另外兩名宮女一同被領進寢宮。

侍女長風明是個和善的豐腴美人，乾淨俐落地介紹宮室環境。

「不好意思，忽然請妳們過來。」

能當上四夫人的侍女長，應該是富貴人家的千金。但她對下女仔細說明的模樣，讓人覺得容易親近。

（是商家的千金或什麼嗎？）

她們被叫來的理由是年底大掃除，人手不夠。

（她受傷了？）

可以隱約看見風明的左臂纏著布條。

貓貓的左臂也同樣纏著布條。因為每次讓人看到舊傷疤，都要得到一頓顧慮的視線實在很累。

粗活交給宦官，她們只負責將傢俱用品或書籍曬乾防蟲，就花掉了一日。

畢竟在後宮待得最久，東西比翡翠宮多得多了。

這天貓貓不回翡翠宮，在石榴宮的大房間跟兩名下女打通舖。分給她們防寒的動物毛皮非常溫暖。

（也沒叫我做什麼。）

貓貓只是照侍女長的吩咐，專心收拾東西罷了。

由於豐腴的侍女長喜孜孜地讚美貓貓，使得她完全不能偷懶。看來風明很懂得用人之道。

風明做事總是樂在其中，所謂賢妻指的大概就是此種女子吧。侍女風明就是這樣的人。

據說這位侍女自始至終都是服侍阿多妃，適婚年齡早已過去，讓貓貓覺得實在有那麼點可惜。雖然侍女長這種官職的薪俸比隨便一個男子都要多，但貓貓忍不住想，難道她不曾有過結婚的心思嗎？一般應該都會有這種念頭才是。

在翡翠宮也是，三個姑娘常常聊這類話題。她們一時還無意離開玉葉妃身邊，但仍夢想著有朝一日能邂逅良人。而紅娘總是笑瞇瞇地對她們說「想作夢愛作多少都成」。總覺得怪可怕的。

（覺得好久沒這麼賣力幹活了。）

貓貓就跟隻貓兒似的縮成一小團，很快就沉沉睡去。

（這裡真的有毒殺風波的幕後黑手嗎？）

翡翠宮的侍女都是勤快的人，但不得不說石榴宮的侍女也很能幹。

所有侍女都仰慕阿多妃，因此做起事來才格外細心周到。

侍女長風明更是令人敬佩。

她不囿於侍女身分，看到灰塵就自己拿抹布去擦。

實在不像是服侍上級妃子的侍女長。就連做事勤快的紅娘，都會讓其他侍女去做。

（真想讓只會出張嘴的水晶宮侍女瞧瞧。）

梨花妃好像就是遇不到好侍女。她身邊有著太多侍女，算起來每個人的差事也就比較少。但她們就只有一張嘴特別厲害，真教人無奈。

不過呢，能一手管理這樣的下人，也可說是領導者的才幹就是了。

但是忠誠心強，也能間接構成下毒殺人的理由。

之所以要讓妃子失去四夫人之位，是因為有高官想讓自己的女兒入宮。

假如要貶，被貶的會是阿多妃，但若是其他上級妃子的位子空出來了呢？

先不論玉葉妃或梨花妃，皇帝想必並未臨幸里樹妃。而貓貓覺得這也成了里樹妃遭到侍女輕視的原因。

（因為皇帝喜歡有肉的嘛。）

也許是先帝喜愛幼女造成的影響，當今皇帝只對成熟的果實有反應。除了玉葉妃或梨花妃之外，皇帝臨幸的嬪妃皆為體態圓潤超乎一般的女子。

里樹妃還沒盡到作為嬪妃的職責。

對於年紀尚幼的里樹妃而言，這應該是一件好事。雖說已經達到適婚年齡，但假如年方十四就要懷孕生產，對身體會造成頗大的負擔。

即使在綠青館，見習娼妓頭也要等到年屆十五才能昇格，在那之前是不單獨接客的。這是為了栽培出品質優良的娼妓，好延續商品的壽命。

就這點來說，貓貓不願去想先帝的嗜好。從皇太后與皇帝的年齡倒過來算，怎樣都會得出教人吃不消的數字。

假若要把人推落，找里樹妃下手並不是件奇怪的事。

貓貓一邊整理廚房架子，一邊動腦思考著。

往架子上一看，裡面整齊擺放著許多小罐子。一股甜香鑽入鼻腔。

「這些如何處理？」

貓貓拿起罐子，向一起打掃廚房的侍女問道。昨日一起過來幫忙的下女，應該分頭去打掃浴室與起居室了。

「喔，那個呀。把架子擦乾淨再放回原位吧。」

「全都是蜂蜜嗎？」

「是呀，風明侍女長的老家是養蜂人家。」

「難怪。」

蜂蜜是奢侈品，能有一種就很難得了，這裡卻準備了好幾種，原來是這麼回事。貓貓檢查了一下罐中物，有琥珀色、紅褐色與褐色等不同色澤。採自不同的花卉，風味也會有所不同。

這讓貓貓想起，此處夜間燈火使用的是蠟燭。難怪貓貓覺得聞到甜香，原來是用了蜜蠟。

（嗯？）

講到蜂蜜，總覺得心裡有點怪怪的。

最近這陣子好像有聽到過。

「等這裡弄好了，可以請妳去擦二樓欄杆嗎？那裡經常忘了打掃。」

「知道了。」

貓貓收拾好蜂蜜後，拿著抹布上了二樓。

（蜂蜜，蜂蜜。）

她一邊仔細擦拭欄杆柱，一邊在腦中整理思維。

貓貓複習一下最近遇到的事。

（咦？）

從二樓可以清楚看見外頭景觀。有兩個人偷偷摸摸地躲在樹後，自以為神不知鬼不覺，在偷看石榴宮。

（里樹妃？）

她只帶著試毒姑娘一個人，來到這裡做什麼？

貓貓實在無法理解。

（蜂蜜……）

幾日前的茶會重回記憶當中。

里樹妃為何不敢吃蜂蜜？

只有這點，莫名地讓貓貓在意。

貓貓借用翡翠宮的迎賓室，向壬氏報告在石榴宮的所見所聞。

「事情就是這樣，小女子未看出半點端倪。」

不知道的事情就是不知道。

貓貓不會自卑，但也不會自大。她向玉樹臨風的宦官從實道來。

這就是在石榴宮待了三日得到的結果。

壬氏優雅地躺臥在羅漢床上，享受著散發異國芬芳的香茶。他將檸檬擠進去，加入蜂蜜攪勻。

「是嗎，說得也是。」

「是的，正是如此。」

最近這位美如冠玉的宦官似乎不再像從前那般散放光彩了，這是無妨，但語氣好像變得輕佻了點。也許是因為聲調不再甜膩，給人少年般的感覺所造成的。

貓貓不知道他希望自己能怎樣，但貓貓不過是個平凡無奇的藥師罷了，學不了什麼細作之事。

「那麼，我換個問題吧。如果有人能用某種特別的手段與外頭取得聯絡，妳認為會是誰？」

（又在拐彎抹角，用討厭的方式問問題了。）

貓貓不喜歡無憑無據地說話。

因為有人教她不可以用臆測的方式論事。

貓貓闔起眼睛，大大吐出一口氣。若不讓心情平靜下來，難保不會再用看壓爛青蛙的眼神看宛若天女的青年。

高順還是一樣，拚命使眼色訴說著些什麼。

「單純就可能性來說，如果有這樣的人，那應該是侍女長風明。」

「有何根據？」

「她左臂纏著布條。小女子曾見過她重新包紮，看到了燙傷痕跡。」

以前曾經發生過浸泡藥水的木簡事件。那種木簡如果具有意義，貓貓知道應該是一種暗號，但沒說出口過。

由於木簡以袖子燒焦的衣裳包著，衣服主人的手臂很可能受了燙傷。不消說也知道，壬氏必定是在調查那事，然後讓貓貓去做近似細作的行為。

老實說，貓貓不認為那位穩重的侍女長有做過什麼虧心事，但這只是貓貓的主觀意見。不能用客觀角度看事情，就不能找出正確答案。

「好吧，算妳及格。」

壬氏的眼睛忽然看向放在長桌上的小瓶子。接著他望向貓貓，臉上浮現甘露般的笑靨。

那張笑臉讓人感覺底下似乎有某種心思在蠢動。

貓貓霎時全身汗毛直豎。

她有一種非常不好的預感。

壬氏拿起小瓶子，往貓貓這兒走來。

「乖孩子得給點獎勵才行。」

「豈敢。」

「沒什麼好不敢的啊。」

「不用了，請總管去送給別人吧。」

貓貓用能把人射死的視線對著壬氏，叫他適可而止，但他絲毫不退縮。

也許這是在懲罰貓貓日前觸怒了壬氏。很遺憾地，貓貓至今無法理解壬氏那時為何動怒。

距離一點一點地被拉近。貓貓有一步沒一步地往後退，結果背部碰到了牆壁。

貓貓向高順求救，然而沉默寡言的侍從坐在窗邊，眺望著飛在天上的小鳥。看起來莫名地有模有樣，真令人生氣。

（晚點看我拿瀉藥餵你。）

壬氏臉上帶著誰看了都要心蕩神馳的笑容，將手指探入小瓶子裡。指尖沾了滿滿的蜂蜜。

整人整成這樣也太過分了。

「妳討厭吃甜的嗎？」

「小女子嗜鹹。」

「但還是敢吃吧？」

看來壬氏無意罷手，把指尖湊到貓貓嘴邊。他一定是平素就常搞這種伎倆。又不是只要長得標緻，就可以無法無天了。

壬氏用心醉神怡的表情看著貓貓瞪人的眼睛。

（差點忘了，他就是這種人（變態）。）

縱然用輕賤或是看陰溝老鼠的目光看他，也只會收到反效果。

此時應該當作是命令看開點含住，還是為了保全尊嚴設法逃跑？

（至少如果是烏頭蜜的話，還能夠看開點。）

毒花之蜜也是毒。

忽然間靈光一閃，某些事情在貓貓腦中連成了線。

她很想整理思維，但變態依然執拗地把手指伸過來，害得她什麼都不能思考。

就在指尖即將塞進嘴裡來時……

「你在對本宮的侍女做什麼？」

一臉不高興的玉葉妃站在眼前。

身後還有以手扶頭的紅娘。

二十八話　蜂蜜　其貳

「壬總管只是一時惡作劇過了頭，能否請妳別見怪？」

高順領著貓貓前往里樹妃居住的金剛宮。他的主子為了剛才那事，八成正在翡翠宮被玉葉妃她們狠狠訓斥。

「我明白了，那麼今後就由高侍衛去吸吮吧。」

「吸……吸吮……」

高順一臉複雜的表情。高順似乎沒有斷袖之癖，縱然對方是壬氏，好像也沒興趣去舔男人的手指。

「高侍衛能諒解就好。」

貓貓嘟著嘴，粗魯地跨步往前走。

真是個死變態。偏偏又長得好看，所以才難對付。他一定用那一套騙倒了很多人。

簡直不要臉到了極點。

要不是他位高權重，貓貓早就給他胯下一腳了。但最後理出的結論是，踢沒有的東西也沒用。

就這樣想東想西之後，兩人來到了栽種著南天竹的簇新宮殿。

里樹妃身穿淡紅衣裳，柔順的髮絲以花簪綰起。

比起園遊會時的奢華服飾，貓貓認為還不如這般嬌柔可愛的服飾比較適合她。

玉葉妃闖進來之後，貓貓為了查明在意的事情，請求面見里樹妃。

里樹妃發現壬氏沒來，露出一副明顯的失望模樣。沒辦法，誰教那人就只有一張臉好看。

「妳想問我什麼？」

妃子以孔雀羽毛團扇遮嘴，悠閒地坐在羅漢床上，但不具有其他嬪妃的威嚴架勢。還是個顯得有些怯生生的年幼妃子。

雖然有著不負眾人口中美姬之名的姣好容貌，但還不具備女子的軟玉嬌香。身材比雞骨般的貓貓還要平坦。

背後站著兩名意興闌珊的貼身侍女。

里樹妃原本用不愉快的眼神看著陌生的雀斑宮女，但仔細看過後，似乎發現來者就是園遊會那時的侍女。她先是睜大了眼睛，然後表情漸趨平靜。

「娘娘討厭蜂蜜嗎？」

本來可以先講點開場白再談正事，但貓貓嫌麻煩所以省略了。

娘娘睜圓了眼。

「妳怎麼知道的？」

「都寫在娘娘臉上了。」

（看就知道了。）

原本大惑不解的臉龐慢慢鼓了起來。真的是太好懂了。

「娘娘是否曾經吃蜂蜜壞過肚子？」

里樹妃鼓著的臉頰更鼓，應該是承認了。

「食物中毒之後變得不敢再吃該種食物，不是什麼稀奇事。」

鼓著腮幫子的里樹妃搖搖頭。

「不是，我不記得了，因為那時我還是個娃娃。」

里樹妃說她在襁褓時期，曾經因為吃了蜂蜜而遊走於生死邊緣。之所以不敢吃，也是因為奶娘或侍女再三叮嚀碰不得。

「妳會不會太沒禮貌了？冷不防地跑來，跟里樹娘娘講話這麼不客氣。」

貓貓聽到女子壞心眼的口氣。

（妳有臉說我？）

此人在日前的茶會上，根本一點都不想幫不敢吃蜂蜜的主子說話。

（妳們就是這樣假裝站在她那邊吧。）

這些人有時會把外人讒構成壞人，假裝自己站在里樹妃這邊。不諳世事的年幼妃子會以為其他人都是敵人。這些人則一再嚼耳根說只有她們站在妃子這邊，讓妃子孤立無援。

於是妃子只能依靠這些侍女，形成惡性循環。

除非本人發現這是欺凌行為，否則事情恐怕不容易搬上檯面。不過園遊會時，她們似乎是得意忘形了。

「我是受壬總管之命來此，有什麼疑問嗎？假如有意見，煩請各位直接問壬總管。」

既然要狐假虎威，順便再給他添點麻煩吧。做這點小動作應該是可以的。

真讓人期待滿臉發燙的侍女會拿什麼藉口去接近變態宦官。

「還有一點。」

貓貓依然是面無表情，將視線拉回里樹妃身上。

「娘娘是否認識石榴宮的侍女長？」

妃子的驚訝神情就是答案。

○●○

「有件東西想請高侍衛幫忙尋找。」

受到貓貓請求，高順此時人在宮廷的書庫。

貓貓身為後宮宮女，基本上是不能離開後宮的。

不曉得她知道了什麼。

那種淵博知識與冷靜性情令人無法想像她年僅十七，值得驚嘆。理性思考，處理事情的能力甚至讓高順惋惜她生為女子。當然，要屏除一部分癖好不說才行。

一枚極易運用的棋子。

明明只要將她當成這種存在利用就是了，本人雖然不會情願，但想必也會同意。

不用明說是誰也清楚得很，就是心智不如外貌成熟的吾主。

「真是對不住。」

高順低聲喃喃道。

也許自己還是應該阻止主子過分的惡作劇。

阻止了之後又會如何呢？

想起貓貓懷恨在心的目光，一種怕今後會被下藥的不安閃過心頭。高順摸了摸開始稍稍令他介意的前額髮線。

○●○

貓貓盤腿坐在自己房間的床上翻書。窄床上擱著乳缽與藥研等等，牆上掛著曬乾的藥草。工具是託高順準備，或從尚藥局擅自借來的。

「十六年前啊。」

（原來皇弟也是在同一時期出生的。）

貓貓手中有一本線裝書，書中彙整了後宮發生過的事情。

這是她請高順拿來給她的。

有個皇子在當今皇帝尚為東宮時誕生，母親與東宮為乳姊弟，也就是日後的淑妃。

皇子於嬰幼兒時期死亡，之後直到先帝駕崩，組成了新的後宮之前，都不曾生下子嗣。

（東宮時代的妃子，原來一直只有一人啊。）

真意外，貓貓還以為這個色老頭一定從東宮時代就納了一大票妻妾。不敢相信他居然跟同一名妃子相守了十年以上。

果然聽傳聞是不準的，還是要看典籍記載才行。

十六年前。

嬰幼兒死亡。

然後……

『醫官羅門，流放』。

貓貓找到了熟悉的名字。

浮上心頭的感情不是驚訝，而是恍然大悟。因為她早就心裡有底。

後宮到處生長的藥草，都是貓貓常用的種類。可以猜到那些並非野生植物，而是以前某人移植的。

貓貓知道有個人會在自家周圍栽培藥草。

「阿爹，你在搞什麼啊。」

貌似老婦，不便於行的男子。醫術高明到不該只在煙花巷當藥師的人物。

貓貓的藥學師父，是遭人削去一邊膝蓋骨的前宦官。

二十九話　蜂蜜　其參

「玉葉妃送來的信？」

「是的，吩咐要直接交給本人。」

「但阿多娘娘去參加茶會了。」

身材豐腴的侍女長風明為難地看著貓貓。

貓貓打開遞出的信匣，裡面沒有書信，只有小瓶子與喇叭型的一朵紅花。瓶子飄出不常聞到的甜香。

風明似乎也看出這是何物了，肩膀抖動了一下。

（猜中了嗎？）

貓貓撥開信匣中的小瓶子。一小張紙露了出來，上面條列出風明能看懂的詞語（關鍵字）。

「小女子有事想與風明侍女長談談。」

「知道了。」

（直覺靈敏的人談起事來容易多了。）

風明面色僵硬，請貓貓進了石榴宮。

風明自己的閨房跟紅娘的閨房幾乎是同樣構造，不過物品都堆在房間角落。看來已經打包好了。

（果然。）

貓貓被她請進房間裡，隔著圓桌相對而坐。桌上有可以暖身子的薑母雜茶，搭配偏硬的麵包當茶點，上頭淋著蜂蜜煮水果。

「究竟是什麼事？大掃除已經做夠了喔。」

聲調雖然溫柔，語氣卻在刺探人。她明知貓貓的真正來意，卻不會主動提起。

「是，侍女長何時要遷居呢？」

貓貓看了看放在房間角落的行李。

「直覺真靈敏。」

風明霎時用冰冷的口吻說了。

大掃除不過是表面上的理由。

在祝賀新年的同時，為了迎娶新一位上級嬪妃，阿多妃必須離開這座宮殿。

後宮不需要不能生子的嬪妃。

縱然是長年廝守的嬪妃也一樣，阿多妃沒有夠硬的後臺。

一直以來，想必是與皇帝身為乳姊弟，比親骨肉更深遠的關係維持了她的地位。

至少若是產下的男嬰能活下來，阿多妃就能抬頭挺胸了。

（阿多妃可能已經……）

身姿如青年般英氣煥發，而且不具有女子的體香。

簡直就像女子成了宦官。

貓貓不喜歡用臆測的方式論事。

然而如果是確定的事實，也只能說出口了。

「阿多妃已經無法生子了吧。」

「……」

沉默意味著肯定。

風明的表情愈來愈緊繃。

「生產時出了事，對吧？」

「這跟妳應該沒有關係吧？」

中年侍女長瞇起眼睛。

溫柔體貼的女子蕩然無存，眼睛深處燃燒著敵意。

「不能說與小女子無關。因為接生時，我的養父在場。」

風明站起來，看著不帶個人感情陳述真相的貓貓。

後宮的醫官總是人手不足，所以庸醫才能一直維持如今的地位。

因為如果擁有醫生這種特殊職能，沒有必要特地成為宦官。阿爹為人魯直，想必是被人花言巧語當了替死鬼。

「不幸之處，大概在於不巧碰上皇弟出生吧。將雙方放在天秤上比較的結果，阿多妃的臨盆就被延後處理了。」

難產的結果，孩子是平安誕生了，但阿多妃失去了子宮。

而孩子也幼年早夭。

曾有人懷疑如同日前的毒粉案，阿多妃之子是否也死於同個原因；不過貓貓認為不是。

她不認為阿爹人在後宮時，會讓當時身為東宮嬪妃的阿多妃使用那種有毒白粉。

「風明侍女長是否認為是自己的過錯？當時代替產後身體欠安的阿多妃，應該是您負責照顧娃兒的。」

「……妳還真是無所不知呢。明明是沒醫好阿多娘娘的庸醫之女。」

「侍女長說得是。」

醫療無法用一句「莫可奈何」打發。這是阿爹說過的話。

即使被罵作庸醫也甘心接受，阿爹就是這樣的人。

「而這個庸醫應該禁止過大家使用含鉛白的白粉吧。聰慧如您，不可能因為這種原因害死娃兒。」

貓貓打開信匣裡的小瓶子，濃稠的蜂蜜晶亮耀眼。貓貓將一起放在匣中的紅花銜進了嘴裡。

嚐得到花蜜的甜味。貓貓捻著花朵，用手指轉動它。

「花卉當中很多含有毒素，例如烏頭或蓮華躑躅。它們的花蜜也具有毒性。」

「我知道。」

「我想也是。」

既然家裡是養蜂人家，有這種知識也不奇怪。

成年人會產生中毒症狀的毒物，她不可能拿來餵嬰兒。

「可是，您不知道普通的蜂蜜當中，竟然混有只對嬰兒生效的毒素。」

不是臆測，是確信。

雖然少見，但的確有這種毒素，只對抵抗力弱的嬰兒生效。

「您沒想到自己試毒沒事，認為營養豐富而餵給娃兒的生藥竟然適得其反。」

於是阿多妃的孩子夭折了。

死因成謎。

當時的醫官也就是阿爹羅門，由於此事加上生產時處置不當，以屢次失職為由遭人逐出後宮。而且被判肉刑，挖掉了一邊膝蓋的骨頭。

「侍女長是不想讓阿多妃知道吧。」

知道自己是害死主子唯一孩子的原因。

「所以，您起了除掉里樹妃的念頭。」

里樹妃在先帝掌朝時，很親近年長的媳婦阿多妃。

據說阿多妃也很疼愛里樹妃。說不定她一直在暗中守護著年幼的里樹妃，不讓先帝寵幸她。

一個是離開爹娘的年幼女童，一個是無法生兒育女的女子。兩者之間產生了一種相互依存的關係。

然而有一天，阿多妃突然拒絕里樹妃上門。因為不管她登門拜訪幾次，都被風明趕了出來。

就這樣，後來先帝駕崩，里樹妃出家。

「里樹妃一定告訴過您蜂蜜有毒的事吧。」

假如里樹妃繼續頻繁造訪，也許會把這事告訴阿多妃。聰明的阿多妃聽到這話，也許會察覺到什麼。

只有這點，風明必須避免。

以為出家後再也不會踏進後宮的小女娃，竟然重返後宮。

而且是同樣作為上級嬪妃。

作為逼迫阿多妃退宮的地位。

然而這個小女娃恬不知恥，居然還來向阿多妃尋求母愛。

不識大體，不諳世事的小女娃。

所以，風明起了除掉她的念頭。

穩重而善解人意的侍女長蕩然無存，留下一個冷眼看人的女子。

「妳要什麼？」

「小女子一無所求。」

貓貓脖頸後方的神經變得過敏。

背後的架子上有方才切過麵包的菜刀。雖然只是在鐵板上開洞而成的粗糙刀具，對嬌小的貓貓卻能構成威脅。

這點距離，風明只要伸手就搆得到。

「什麼都行喲。」

風明甜言蜜語。

「講這種話沒有意義，您自己應該很清楚吧？」

聽貓貓如此說，風明咧嘴笑了。在這連陪笑都稱不上的表情底下，究竟都塞了些什麼感情？

「……欸，妳知道妳最珍愛的人最珍愛什麼嗎？」

風明帶著一絲冷笑對貓貓說了。貓貓搖搖頭。她不可能知道什麼該排第一，無論是人還是物。

「我奪走了她最珍愛的人，奪走了她一直當心肝寶貝疼愛的娃兒。」

從初次服侍妃子起，風明就知道自己將不事二主。她尊敬這位雖身為女子，卻意志堅定，能與東宮以相同觀點對談的女丈夫。

比起自己向來對爹娘唯命是從，只會照著人家說的去做，這位妃子不知道讓她受到了多大震撼。風明微笑著說道：

「阿多娘娘那時也說過，孩子是順應了天意，要我們不用耿耿於懷。」

孩童能否活過七歲要看造化，只要染點小疾就很容易喪命。

「我明明知道阿多妃夜夜以淚洗面。」

說完，風明的臉慢慢低垂下去。貓貓聽見了類似嗚咽的聲音。

方才都還堅毅不拔的侍女長不見蹤影，只留下一個懺悔的女子。

這十六年來，她究竟是抱著何種心情在服侍阿多妃？也不尋個丈夫，只是一心為了她鞠躬盡瘁。

貓貓不能體會她的心情。貓貓沒有過如此珍愛一個人的心。所以貓貓不知道她真正想要的是什麼。

她會願意接受貓貓接下來的提議嗎？

數日以來貓貓查閱文籍的事，應該已經報告給壬氏知道了。

貓貓沒什麼事瞞得過那個掌理後宮的宦官。她不認為能像芙蓉公主那時一樣掩飾得過。

也不該掩飾。

聽過貓貓的說法後，壬氏會擒拿風明到案。

而極刑是無可避免的，不管有什麼狀況。

十六年前的真相也會大白。

所以就算在這裡將貓貓滅口也一樣。

遲早會穿幫的。

聰明的侍女長不可能不明白這個道理。

貓貓只能做到一件事。

不是請求減刑，也不是對阿多妃的安頓方式有所置喙。

她只能將兩個動機減為一個。

只能永遠在阿多妃面前隱瞞那個動機。

貓貓知道講這種話很殘忍，因為等於是叫對方去死。

即使如此，貓貓腦中只想得到這個法子。不具任何權力的小姑娘，只能做到這麼點事。

「結果不會改變。如果侍女長能接受的話……」

請答應我的提議——貓貓懇求了她。

（好累。）

貓貓回到翡翠宮的個人房，一頭栽進硬梆梆的床。

衣裳吸了汗水變得黏答答的。緊張時的發汗黏稠而氣味濃厚，因此相當不好聞。她很想洗澡。

貓貓心想至少換件衣服，脫掉上衣，只見胸部到腹部纏著布條。她疊起了好幾層油紙，用布條固定。

「幸好沒用上。」

（被刀子砍到可是很痛的。）

貓貓剝掉油紙，換上乾淨衣物。

○●○

這究竟是怎麼一回事？壬氏偏頭不解。

誰能料到里樹妃的毒殺未遂案，會以凶手自首的形式破案？

在翡翠宮的迎賓室，壬氏將此事告訴了不愛理人的侍女。這事已經通知過玉葉妃了。

「事情就是這樣，風明跑來自首了。」

「那真是值得慶幸。」

不愛理人的侍女反應平平，竟然如此回答。

壬氏手肘撐在桌上。高順一副有話想說的樣子轉向他，但他不予理會。八成是想講他這樣有失莊重吧。

「妳知道些什麼嗎？」

他總覺得這姑娘有時候好像在謀劃些什麼。

「小女子不懂總管的意思。」

「妳好像讓高順蒐集了一堆冊籍啊。」

「是，可惜都白費了。」

貓貓臉不紅氣不喘地說，讓人懷疑她是否把人當傻瓜。可能是自從上次壬氏惡作劇有點過火就開始不高興，但又覺得她好像平常就是這個調調。

她還是老樣子，用看一灘爛泥般的目光看壬氏。失禮到這種程度，反而讓人覺得爽快。

「就如同妳說過的，動機似乎是為了維持四夫人的位子。」

「這樣啊。」

貓貓彷彿絲毫不感興趣地看著壬氏。

「很遺憾，阿多妃已經確定失去上級妃子的地位了。她將離開後宮，今後遷至南方的離宮生活。」

「是這次事情造成的嗎？」

貓貓反問道。

看來對「貓」彈琴總算有用了。

「不，原本就決定好了。是皇帝下的決斷。」

不命其返歸故里，而是在離宮來個金屋藏嬌，或許是因為長年的夫妻情分還在。

貓貓難得主動提問，讓壬氏忍不住想得寸進尺。他站起來走近一步，貓貓不知怎地，很有戒心地後退了半步。

高順傻眼地看著他，就像在說「看吧」。

看來貓貓果然還為了日前的小小惡作劇懷恨在心。

她表現出這麼強的戒心，壬氏也很困擾。他重新坐回椅子上。

嬌小宮女低頭致意，正想從房間離開，忽然停住了腳步。

一旁插著喇叭型的帶枝紅花做裝飾。

「方才紅娘來裝飾的。」

「是，開得不合時令呢。」

貓貓捻起花朵，捏著花莖含入了嘴裡。

壬氏疑惑不解，緩緩走近，學貓貓的動作。

「好甜。」

「只是有毒。」

壬氏把花噴了出來摀住嘴，高順急忙拿著水瓶過來。

「沒事、不會要人命的。」

舔舐嘴唇的奇怪姑娘，臉上浮現著甜蜜的淡淡微笑。

三十話　阿多妃

貓貓夜裡輾轉難眠而溜出翡翠宮，純屬偶然。

明日，淑妃即將離開後宮。

她沒什麼理由，只是想到外頭信步走走。時節早已入冬，天寒地凍，貓貓穿起兩件棉襖才外出。

後宮內依然如故，似乎洋溢著不健康的愛戀，她必須當心著，不要一不小心探頭去看草叢或暗處。對於內心熱情似火的那些人而言，冬日的室外好像根本算不上障礙。

無意間，貓貓看看天上的半月，想起芙蓉公主的事情，想說反正順便，決定爬上外牆。

她本來是想趁這機會喝個賞月酒，但翡翠宮無酒，就放棄了。早知道就把前日壬氏給她的酒留一點下來。貓貓變得很想喝點久沒喝到的蟒蛇酒，然而想起日前的某個光景，搖搖頭覺得還是算了。

貓貓踏上外牆角落磚瓦突出的部分，身手靈活地一步步爬上去。若是不留心注意衣裙，可能會被勾到。

有句話說煙跟什麼來著的都……但高處就是令人心曠神怡，月明星稀映照京城。遠處可見的燦爛彩燈必定是煙花巷了。不負不夜城之名，那些遊蜂浪蝶想必正在與花兒談情說愛。

貓貓沒特別做什麼，坐在圍牆邊緣，晃著兩條腿專心看天空。

「哦，有人先到？」

一陣不高也不低的聲音傳來。

轉頭一看，一位穿著褲裝的青年站在那裡。

不，只是看似青年，其實是阿多妃。她將頭髮綁成一束披在背後，肩上掛著個大葫蘆。妃子臉頰微紅，衣裳有點單薄。雖然腳步穩定，不過似乎有點兒酒意。

「不，小女子這就讓位。」

「別這麼說，陪我喝一杯吧。」

看到人家拿出的酒杯，貓貓找不到拒絕的理由。

平時貓貓會顧慮到玉葉妃而婉拒，不過她並沒有不知趣到不願陪對方享受後宮的最後一場夜酌。絕不是受到美酒所迷惑。

貓貓兩手捧著酒杯，領受濁酒。

酒味甘甜濃郁，嚐起來酒精較少。

貓貓也沒說什麼，只是小口小口飲酒。阿多妃豪邁地拿起葫蘆對著嘴喝。

「我很像個男人吧？」

「小女子感覺娘娘是刻意如此。」

「哈哈，妳說話很實在。」

阿多妃立起單膝，將下巴靠在上頭。她那端正的鼻梁與長睫毛鑲邊的眼眸，讓貓貓感到有些眼熟。她覺得妃子很像某人，但腦袋昏昏沉沉的。

「自從兒子離開我的懷抱，我就一直是皇帝的友人。不，或許是變回了友人吧。」

阿多妃不以嬪妃自居，而是作為友人常伴左右。

作為還是個喝奶的娃兒時，就待在一塊的兒時好友。

她沒想過自己會被選為嬪妃。

原本應該只是選來作為初試雲雨的指導人。

是基於同情才當個有名無實的嬪妃，卻一當就是十幾年。

她明明很想早點轉讓給其他人。

為何還巴著不走？

阿多妃繼續獨自訴說。

無論對象是否為貓貓，或是有沒有人，她應該都會講下去。

明日這位嬪妃就要離開了。

不管後宮內流傳什麼風聲，都已經無關緊要了。

貓貓只是默默傾聽她的獨白。

阿多妃這番話告一段落後，妃子站起來倒拿著葫蘆，將裡頭的酒漿灑到圍牆外，灑到濠溝裡。

看著酒漿如餞別般流去，貓貓想起了日前自殺的下女。

「水裡一定很冷吧。」

「是啊。」

「一定很難受吧。」

「是啊。」

「真傻啊。」

「……或許如此。」

「大家都太傻了。」

「或許如此。」

貓貓有點明白了。

那名下女的確是自己尋短。

而阿多妃應該對此事心知肚明。也許她認識那名下女。

她所說的大家應該也包括了風明。也許她參與了下女的自殺案。

下女為了不讓阿多妃成為嫌犯，沉入了冰冷水底。

風明守住不想讓人知道的祕密，自己上了絞架。

與阿多妃的意志無關，有些人就是願意為她賭命。

（真是令人惋惜。）

明明擁有統率萬民的天賦與資格。

若是能夠不以嬪妃的身分，而是用不同形式伴隨皇帝左右，政事或許能施行得更通暢平順。

貓貓一邊想著這些無聊的事，一邊眺望星空。

阿多妃先下去，貓貓也實在覺得冷了，正打算爬下外牆時……

「妳在做什麼？」

冷不防有人叫自己，貓貓嚇了一跳。她踏了個空，從牆壁一半高度摔了下來。

貓貓的背部與臀部受到一陣撞擊。

「誰啊，忽然蹦出來。」

貓貓嘟噥後……

「抱歉了。」

耳邊有人如此呢喃。

她吃了一驚轉頭一看，只見壬氏一臉不高興。

「壬總管怎麼會來這裡？」

「孤才想問呢。」

貓貓發現自己方才摔下來，身體卻不怎麼痛。只有感覺到衝擊力道，但沒有撞上地面的感覺。

要說為什麼的話，那是因為此時壬氏人在貓貓正下方。

（嗚喔！）

貓貓想撐起身子，卻動不了。身子被緊緊固定住了。

「……壬總管，能否請您放了小女子？」

貓貓恭敬地說，但壬氏不肯放開摟著貓貓肚子的手。

「壬總管。」

他理都不理貓貓說的話。貓貓扭轉身體看看壬氏的臉，發現他面龐微帶紅暈，吹來的呼氣中帶有酒味。

「總管喝酒了嗎？」

「應酬，不得已。」

壬氏說完就眺望著天空。冬日的天空澄澈清明，群星熠熠閃亮。

（應酬是吧。）

貓貓半睜著眼瞪著壬氏。後宮內講到應酬，怎能不令人起疑。就算失去了珍惜之物，皇帝也未免太放縱此人了。

「請放開。」

「好冷，不要。」

面如冠玉的宦官口中，冒出孩子氣的說話方式。服裝連罩衣都沒穿，如此在夜裡出外走動一定很冷。高順到哪去了？貓貓心想。

「那麼總管還是回房吧，免得感冒了。」

要回自己家裡也好，要去找給他酒喝的屋主借住一宿也好，怎樣都跟貓貓無關。

然而，壬氏把額頭貼在貓貓的脖子附近磨蹭著。

「屋主邀孤喝酒，讓孤喝了酒之後，就不知道跑去哪了。回來之後又說心情暢快多了，就把孤給趕了出來，叫孤回去。」

想不到在這後宮當中也有人能如此對待壬氏，貓貓莫名地佩服起來。不過，那跟這是兩回事。

（饒了我吧，我才不要跟醉鬼作伴。）

醉鬼總是像這樣糾纏不休，所以才讓人困擾。

（不，仔細想想，他本來就……）

貓貓這才想到是自己從上頭摔下來的。從這個狀態想來，或許該說壬氏好歹還接住了她。只是可能因為酒醉使得腳步不穩，而倒臥到了草叢裡。

貓貓心想人家接住了自己，自己卻一句道謝也沒有就催對方放手，或許是有失禮數了。但是繼續這樣坐在人家身上也不是辦法。

「壬總……」

就在貓貓試著提出不知道第幾次的請求時，她覺得似乎有某種水滴落到了頸項上。那微溫的水滴，從貓貓的脖子一路滑落到背後。

「再一下就好。」

隨著壬氏的聲音傳來，摟住肚子的手加重了力道。

「稍微給孤一點溫暖。」

聲調異於平常的嗓音，讓貓貓嘆了口氣。然後她仰望天空，一顆兩顆地數起了璀璨的星斗。

翌日，正門聚集了許多看熱鬧的人。

在後宮待了最久的妃子，不同於昨夜，穿著果然不太合適的大袖與衣裙。

周圍的宮女當中有些人還咬著手絹。

英挺青年般的妃子，對年輕宮女而言必定曾是一種崇拜對象(偶像)。

壬氏站在阿多妃面前，接過某件物品。看昨夜飲酒的模樣，貓貓原本有些擔心，不過雙方似乎都並未宿醉。壬氏接下的是代表著淑妃身分的頭冠。這件飾物不久之後，確定將會送到不同的女子手裡。

（兩人若能把服裝換過來該多好。）

天女般的相貌與英挺青年般的相貌。兩者本該毫不相同，貓貓卻感到莫名地相似。

昨晚貓貓覺得阿多妃跟某人很像，看來她想到的是壬氏。

（哦，我懂了。）

假如阿多妃處於壬氏的立場，不知會有何不同。

真是無聊透頂的想法。

阿多妃的舉止動作，絕不像是遭人逐出後宮的可憐女子。

她抬頭挺胸，身姿威風凜凜，甚至看得出克盡厥職的成就感。

無意間，腦中不禁浮現荒唐無稽的臆測。

她為何能那樣不愧不怍？

她並未完成作為妃子的職責。

『自從兒子離開我的懷抱』。

昨日阿多妃說過的話重回腦海。

（離開懷抱？不是死了以後？）

換個角度想，也可解釋成兒子還活著。

阿多妃再也無法生子的理由，是因為與皇太后的臨盆撞期。皇弟與娘娘的兒子乃是叔侄關係，而且假若幾乎同時出生，也許就像孿生兄弟一樣相像。

（假如被掉包了呢？）

臨盆之際，阿多妃想必親身體會到，兩個嬰孩今後誰的成長過程會更受疼愛。

體會到能夠倍受呵護的環境，不會是在奶娘之女阿多妃的身邊，而是在皇太后的身邊。

當時產後恢復慢的阿多妃，也許無法判斷事情的對錯。

然而如果將嬰孩掉包能讓自己的兒子得救，就實現了阿多妃的心願。

假若日後事跡敗露的話。

假若當時真正的皇弟已死的話。

阿爹除了遭到逐出後宮之外還被判肉刑，也就可以理解了。因為他沒有發現嬰孩被人掉包。

所以皇弟在宮中才會沒有地位。

所以剛毅果決的阿多妃才會留在後宮沒走。

（實在無聊透頂。）

貓貓搖了搖頭。

簡直胡思亂想，不值一談。就算是翡翠宮那三位姑娘，恐怕也沒有如此天馬行空的幻想。

（繼續看下去也沒用。）

貓貓正打算回翡翠宮時，前方有人急急忙忙地跑來。

是臉蛋五官稚嫩可愛的小女娃——里樹妃。

她完全沒注意到貓貓，就往正門跑去。

後面有那個試毒女子，氣喘吁吁地跟來。

再後面則是跑都不跑，一副嫌麻煩模樣的其餘侍女。

（還是老樣子呢，除了一人以外。）

貓貓也沒辦法為她做什麼。自家的事情必須靠自己解決，否則別想在這女人國當中求生存。

只是，至少她現在不是孤立無助。

光是如此應該就比之前好多了。

里樹妃到了阿多妃面前，用提線木偶般的動作同時伸出右手與右腳。她似乎踩到了裙襬，臉孔朝下摔了一跤。

周圍憋笑的聲音讓里樹妃快哭出來，阿多妃則用手巾幫她擦了擦臉。

英挺如青年的妃子，此時神情看起來就像個母親。

三十一話　解僱

「這該如何處理？」

壬氏神色憂鬱地望著文書。

「該如何處理才好呢？」

沉默寡言的侍從也望著文書。

實在是個令人頭痛不已的案子。

「關於日前風明一案，此為她老家以及相關人士的名簿，只是……」

風明直接處刑，雖然未株連九族，但親屬財產全數充公，而且或輕或重，所有人都被判處以肉刑。

唯一能慶幸的是主子阿多妃免於受罰。因為整件事被判斷為風明的獨斷專行。

相關人士當中，也包括了老家生意的買主。原以為只是個養蜂農家，看來生意範圍還挺廣的。

「後宮內約有八十人是相關人士的子女。」

「兩千人當中有八十人啊，命中率挺高的。」

「正是。」

高順向眉頭緊鎖的主子詢問道：

「要設法隱蔽嗎？」

「辦得到嗎？」

「只要總管開口。」

只要自己開口……

高順必定會照壬氏說的去做。

無關乎對錯與否，全聽壬氏的吩咐。

壬氏深深嘆一口氣。

相關人士當中記載了一個熟悉的名字。

看來某個將賣藥的擄走、逼她賣身為奴的買主，似乎正是相關人士之一。

「這下該怎麼辦呢……」

壬氏大可以輕易下決定，但他很怕看到自己選擇的行為，會讓那個姑娘露出何種表情。下達命令有何難。可是，如果這樣做違反了她的心意，不知道她會如何解讀此事。

平民與貴人；貓貓如此區分自己與壬氏。無論是何等不情願的命令，她到頭來大概都會接受。壬氏感覺被區分出的界線，似乎又多加了一道鴻溝。

但如果隱蔽她的身分，又會如何呢？

壬氏恣意將貓貓強留在她並不喜歡的地方好嗎？而且，如果此事讓那直覺靈敏的姑娘知道了……

「壬總管。」

高順出聲呼喚動腦思考的壬氏。

「總管不是說她是一枚好用的棋子嗎？」

侍從冷靜的一句話，讓壬氏緩緩撩開了劉海。

○●○

「集體解僱？」

「是啊。」

小蘭邊吃柿餅當點心邊說。柿餅是貓貓從果園擅自摘來柿子，偷偷掛在屋簷下做的，一旦穿幫恐怕會挨罵。不，實際上已經挨過罵了。這種事不可能不被紅娘抓到，幸好高順碰巧來訪，幫她解圍。聽到高順喜歡柿餅，紅娘不情不願地說「下不為例」後，才放了貓貓一馬。

「聽說啊，有點類似株連九族那樣，有過生意往來的商家之類的女兒都得辭職呢。」

她口齒不清地說，貓貓點點頭。

（聽起來，總有種不好的預感。）

貓貓的預感很準。

貓貓在文書上的老家，正是做買賣的商家。既然風明的老家是養蜂農家，之間或許有過往來。

（現在要是被解僱，我會很傷腦筋的。）

貓貓還算喜歡現在的生活。

當然，能回煙花巷的話她會很高興，但就算回去，也只會被滿腦子想著賺錢的老鴇抓去賣掉。

介紹過李白之後，貓貓到現在還沒送其他貴客過去。

這是一大問題。

（鐵定會被賣掉。）

貓貓跟小蘭告別後，決定去找那個她平常不會想見到的人物。

「真難得。怎麼喘成這樣？」

在後宮的正門，面如冠玉的宦官口氣輕鬆地說。

貓貓不只翡翠宮，其他四夫人的宅第都跑了一遍。

「……！」

「冷靜點，臉都漲紅了。」

壬氏的天女容貌上，顯露出些微的焦急。

「小……小女子，有……有話要說。」

貓貓上氣不接下氣地說道。

壬氏瞇細了眼，不知為何，面色中帶有憂愁。

「知道了，到裡面說話吧。」

貓貓被人帶到了宮官長室，又讓宮官長像以前那樣在外頭空等，貓貓覺得很不好意思。最近這陣子，她似乎為了阿多妃的事忙翻了天。貓貓向宮官長行過一禮後進入室內。

壬氏已經坐在椅子上，正在看放在桌上的文書。

「妳無非是對此次的集體解僱有疑問吧。」

「是的。請問小女子將會受到何種處置？」

壬氏不作答，而是將公文拿給貓貓看。高級紙張上的名單當中，也有貓貓的名字。

「換言之，小女子將遭到解僱了。」

（該怎麼辦呢？）

一旦要遭到解僱，貓貓的身分不允許她說不。貓貓非常清楚自己只是個小小宮女。她依然面無表情，克制著不露出搖尾乞憐的眼神。結果出於平時的壞毛病，變成了像在看毛蟲一樣的表情。

「妳想怎麼做？」

察言觀色般的語調當中，不帶平素那種甜言蜜語，反倒像是撒嬌似的，稚氣未脫的語調。不同於聲音，只有臉上是一副嚴肅僵硬的神情。

就跟日前阿多妃離去的前一晚，他的那種聲音一樣。

「小女子只是個小小宮女。只要總管吩咐，無論是雜工、廚娘或是試毒侍女，小女子都會照做。」

貓貓誠實地說道。只要有人命令，她願意盡己所能完成職責。縱然薪俸減少一點，她也不會有怨言。只要能延後賣身，她就可以去找新顧客或是什麼的設法脫困。

（所以，拜託別叫我走（滾蛋）。）

貓貓自認為已經盡最大所能，請人家繼續僱用她了。

然而青年的表情依然僵硬，忽然別開了視線，然後輕嘆一口氣。

「知道了，遣散費我會多給點。」

青年聲音冰冷，臉低垂著看不見表情。

交涉失敗了。

○●○

高順深深嘆一口氣，心想把今天算進去，不知是連續第幾天看主子鬧彆扭了。

公務方面目前沒受影響，然而主子一回自己房間就坐到牆角去鬱鬱不樂，真希望他行行好放過自己。

陰沉到都快飛出黴菌孢子了。

擁有妍麗天女般笑靨與蜂蜜般嗓音的青年蕩然無存。

貓貓在收到解僱通知後，隔週就出宮了。聽說她雖然不陪笑，但很懂禮數，受過照顧的地方一間一間都去辭別過了。

玉葉妃原本遲遲不肯答應，然而聽到是壬氏的決定後，也就暫時讓步了。而且還不忘拋下一句狠話：「之後後悔別來怪我。」

「也許當初還是該挽留她的。」

「什麼都別說了。」

高順雙臂抱胸，眉間皺紋變得更深。他想起以前的事情。

這人以前弄丟了喜愛的玩具時，都是何種反應？自己費了多大的工夫，才能找到更新奇的玩具給他？

或許不能將她當成玩具看待。

壬氏就是不想把那姑娘當成工具利用，才會放棄挽留她。所以給他重新安排一個不同性質的姑娘，又有什麼意義？

真是太難辦了。

「若是無可取代，也只好準備真貨了。」

高順用壬氏聽不見的音量喃喃自語後，無意間想起了一位人士。

是一位對那姑娘的老家知之甚詳的武官。

「實在費事。」

勞碌命的高順搔了搔後頸。

終話　宦官與娼妓

「幹活了，去吧。」

貓貓在老鴇的催促下，被迫搭上一輛十分豪華的馬車。

今宵的活兒似乎是某位貴人的宴席。

貓貓被帶往京城北方的大宅，禁不住嘆氣。

眾小姐以及其他數人，都穿著華麗衣裳，一個個朱顏粉面。一想到自己也跟大家是同個模樣，就莫名地坐立難安。

一行人通過長廊，步上螺旋階梯，讓人帶到一個大房間。天花板上吊著燈籠，赤紅流蘇搖曳生姿。

鋪滿了紅毛地毯的地板上，重重堆疊著好幾層走獸毛皮，今宵的客人就坐在上頭。

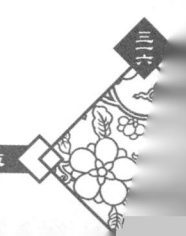

（好個富可敵國。）

上頭約有五人橫著坐成一排，比貓貓想像得還年輕。

看到火光晃動映照出的幾名年輕人，白鈴小姐伸舌舔嘴。身旁的女華小姐頂了一下她的側腹。妖媚撩人的小姐手腳快得嚇人，連老鴇也拿她沒轍。

（就不能早點介紹嗎？）

據說此次的客人是侍奉朝廷的高官，似乎是李白介紹的。

既然是李白的相識，貓貓的債款應該也會減少一點。

也罷，由於遣散費比想像中還要豐厚，所以貓貓無須賣身，只要這樣做短工就沒事了。

（那老太婆，竟給我嘖了一聲。）

看來老鴇千方百計，就想讓貓貓做娼妓。

這幾年來，她的行動更是明顯。

她好幾次叫貓貓別再學人賣藥，但貓貓辦不到。自己的興趣絕不可能從藥學變成歌舞。

話說回來，房間裡的每一只酒罈，每一塊墊子都讓人目眩神迷。

（就算把哪件小傢俱順手帶走，大概也沒人會發現吧。）

不可不可。貓貓搖搖頭。

把娼妓叫到宅第裡比在青樓設宴更花錢。豈止如此，叫來的還是斟一夜酒就要花掉一年銀兩的當紅名妓。

竟然能一次叫來綠青館的三姬——梅梅、白鈴與女華，可見有錢人就是有錢。

貓貓是被帶來襯托三姬的幾人之一。

雖然受過基本教育，但貓貓不會吟詠詩歌，不會彈二胡，更不會翩翩起舞。她頂多只能放亮眼光不讓客人酒杯空著，其他恐怕什麼也做不來。

貓貓將臉部肌肉固定為笑容後，慢慢將酒倒入空酒器裡。

所有人都為小姐們的詩歌或舞蹈如痴如醉，不會看貓貓，所以輕鬆多了。也有人跟其中一名綠葉開始下棋。

（哦？嫌無聊嗎？）

明明眾人都在飲酒作樂，欣賞樂舞，只有一人卻低垂著頭。

身穿上好綢緞衣裳的年輕人，立起單膝坐著獨自痛飲。

只有那塊地方的空氣一片灰濁。

（會害我沒工作做的。）

有些方面莫名認真的貓貓拿起滿滿一瓶酒，坐到陰沉男子的身邊。

光澤亮麗的劉海遮住了上半張臉，完全看不出表情。

「別來煩我。」

（？）

怪哉，這聲音彷彿在哪聽過。

貓貓思考的同時，手已經動了起來。

她沒想到這樣會有失禮數或是踰矩。

貓貓注意著不要碰到男子低垂的前額，輕輕撩起劉海。

美如冠玉的面龐露了出來。

鬧彆扭的表情，霎時變成了驚愕。

「壬總管？」

雖然臉上沒有明眸皓齒的笑容，聲音也不像蜂蜜般甜美，但的確是她見過上百次的宦官不會錯。壬氏眨了幾下眼睛。不知為何他盯著貓貓瞧，讓她非常的不自在。

「妳是何人？」

「常有人這麼問。」

「有沒有人說過妳化妝前後判若兩人？」

「常有人這麼說。」

總覺得以前好像也有過類似的對話。貓貓將拈起的劉海放回原位。結果壬氏把手伸了過來，試圖抓住貓貓的手。

「為何要躲？」

他用鬧情緒的表情看著貓貓。

「請勿觸碰娼妓。」

沒辦法，這是規矩。亂碰是要多付錢的。

「我倒要先問妳，妳為何打扮成這樣？」

貓貓別開目光，尷尬地回答：

「小女子正在做短工。」

「在青樓做？……妳該不會……」

貓貓聽出壬氏想說什麼，半睜著眼瞪他。

看來這人就喜歡懷疑別人的操守。

「小女子並未單獨接客。還沒有。」

「還沒有……」

「……」

貓貓無法回嘴。在還清剩餘債款之前，難保嬤嬤不會硬是帶客人過來。目前只是因為有阿爹與小姐們遏止著，才能保住貞操。

「不然孤買妳好了？」

「啊？」

貓貓本來想回「總管說笑了」，忽然有個想法閃過腦海。

「或許是個好主意呢。」

「！」

壬氏大為驚愕，表情顯得大感意外。

總覺得這人今日沒有亂放光彩，所以表情格外豐富。天女的笑靨儘管美麗動人，卻不像是凡人會有的表情。

貓貓偶爾甚至會覺得，這人搞不好是兩個靈魂塞在一個形魄裡。

「再一次回後宮工作也不錯。」

壬氏垂頭喪氣。

貓貓偏偏頭，不明白他是怎麼了。

「妳不是討厭那裡才辭職的嗎？」

「小女子何時講過這種話了？」

貓貓為了還債，還跑去求壬氏讓自己留下來，是壬氏要開除她的。

即使麻煩事不斷，玉葉妃的侍女仍是份相當好的差事。試毒侍女這種稀有的行業，不是想當就能當上的。

「硬要挑毛病的話，頂多就是不能做毒物實驗而已。」

「這我絕對不會准。」

壬氏將下巴靠在立起的膝蓋上。先是見他露出傻眼的表情，接著臉上浮現出了苦笑。

「就是啊，妳就是這種人嘛。」

「總管是什麼意思？」

「有沒有人說過妳講話太簡略？」

「……常有人這麼說。」

苦笑漸漸轉變為純真無邪的笑容。

這次換貓貓不高興地低下頭去。這時，壬氏伸出手來。

「我說了，妳為何要躲？」

「因為規矩如此。」

不管怎麼講，壬氏就是不肯收回伸出的手。

他定定地瞪著貓貓。有種不好的預感。

「只是稍微碰一下無妨吧？」

「不行。」

「又不會讓妳少塊肉。」

「會減損我的氣力。」

「一隻手就好，只用指尖總行了吧。」

「……」

真煩。貓貓這才想起，這個男人就是死纏爛打。

不得已，貓貓閉起眼睛，長嘆了一口氣。

「只能用指尖喔。」

話音甫落，某種東西按到了嘴唇上。

睜開眼瞼一看，壬氏的修長指尖上沾了赤紅胭脂。

趁著貓貓愣在那兒，壬氏收回了指尖，然後，他竟然將那指尖輕輕擱在自己的唇上。

（這傢伙……）

兩根手指移開後，一抹嫣紅沾到了形狀優美的唇瓣上。

壬氏瞇細眼睛，臉上浮現更為純真的笑靨。臉頰就好像也沾上了胭脂似的，呈現淡雅的櫻花色。

貓貓肩膀微微顫動了起來，但因為壬氏用太過童稚的笑臉看她，害她無言以對，只好低下頭去別開目光。

（會傳染給我的。）

貓貓把嘴唇緊閉成鋸齒狀，臉頰變成了櫻花色。她明明沒在臉頰上塗胭脂。

她好像聽見了嘻嘻笑聲，一看，周圍大家都在看他們倆。

眾小姐帶著邪門笑容看著他們。

真怕面對之後的狀況。

教人坐立難安到了極點。

不知是何時出現的，高順雙臂抱胸，一副累壞了的模樣。

就像在說：總算辦成了一件事。

貓貓莫名其妙，傷透腦筋，不太記得後來發生了什麼事。

只記得眾小姐追問不休，非常煩人。

○●○

數日後，一位玉樹臨風的貴人出現在京城的煙花巷。

這名男子帶著連老鴇都為之眩目的錢財，以及不知為何長在蟲子身上的奇特怪草，要求換取一名姑娘。

〔完〕

國家圖書館出版品預行編目資料

薬師少女的獨語 / 日向夏作 ; 可倫譯. -- 初版. -- 臺北市 : 臺灣角川, 2019.02-
冊 ; 公分

譯自 : 薬屋のひとりごと
ISBN 978-957-564-739-1(第1冊 : 平裝)

861.57 107022171

Kadokawa
Fantastic
Novels

藥師少女的獨語 1

（原著名：薬屋のひとりごと）

2019年2月27日　初版第1刷發行
2024年3月15日　初版第8刷發行

作　者：日向夏
插　畫：しのとうこ
譯　者：可倫

發行人：台灣角川股份有限公司
總　監：呂慧君
總編輯：蔡佩芬
主　編：林秀儒
編　輯：邱瓈萱
設計指導：陳晞叡
美術設計：吳佳昫
印　務：李明修（主任）、張加恩（主任）、張凱棋

發行所：台灣角川股份有限公司
地　址：104台北市中山區松江路223號3樓
電　話：（02）2515-3000
傳　真：（02）2515-0033
網　址：www.kadokawa.com.tw
劃撥帳戶：台灣角川股份有限公司
劃撥帳號：19487412
法律顧問：有澤法律事務所
製　版：巨茂科技印刷有限公司
ＩＳＢＮ：978-957-564-739-1